U0053502

下一秒，來不及道別

小咩　著

致天上的兩老，

致地上愛我、關心我、罵過我、恨我的人，

沒有你們，沒有今天的我。

目 錄

第一部分　　生如夏花

推薦序

陳言翰教授

蜘蛛人、高空拯救者

好久以前，在一次聖約翰救傷隊的集會中，看到一個高挑的女長官，穿著整齊的制服，可以說是鶴立雞群，當時不以為意，只是想到救傷隊甚麼時候加入了一名如此高挑的女長官。

幾個月後，在另一次步操訓練中，又再次見到她在場邊靜靜地觀看我們的訓練，當時作為教官的我覺得有點奇怪。在訓練結束後，才知道她是一名急症室專科護士，也就是小咩。

後來大家熟絡起來，無所不談：工作上、學習上、人生上，到最後竟然成為我個女——契女。

她對於工作的態度，可以說是一名瘋子。只要在上班時，必定盡十二分力，因此常常出現各種痛症，我唯有

用治療手法將其頸椎、腰椎扶回正確位置，減輕痛楚。不過，治標卻未能治本，因為在急症室的工作需要大量體力，如搬運病人、儀器及進行搶救，使她的痛症不斷復發。更有一次，她痛得動不了，眼淚直飆，我看到也替她心痛了。為她治療過後，當痛楚稍為減輕，她又狂奔去上班。看來，她只有到退休後才可以復原了，相信這亦是所有前線護士的通病。

到她結婚，我有幸成為持劍儀仗隊及姊妹團之一員。婚後，小咘兩口子一同為了自己的事業而打拼，各自持續進修，為理想而奮鬥。

直至有天，契女來電，邀我就她寫的一本書——一本講述她前線護理工作的書，寫一篇序。我立時義不容辭。看過她寫的好幾個章節，文筆雋永。簡單易懂的字句，將學護到專科護士的心路歷程鋪展出來，既有專業知識、人與人之間的感情，亦有醫護與病人之間的衝突到互相理解。作為一個讀者，絕對能從中知道一些急症室內的趣事及辛酸事。

寫一本書真的不容易，尤其是一些帶有專業知識的，必須有根有據，求證再求證，而寫出來的內容，亦要深

入淺出，令大眾都能理解，讓讀者獲得娛樂同時吸收到知識。如果文章牽涉人與人之間的關係則更加困難、複雜。

急症室正是全醫院最複雜的部門，結合了各個專科的範疇，一個決定足以影響生死在一瞬間，而護士在協助醫生時，細心、專注、判斷力、分析力、膽識、鐵腳、馬眼、神仙肚，缺一不可。雖然，日常多見的都是生離死別，但仍抱有同情心，去急病人所急；亦有其堅持一面，面對一些無賴病人，可以秉持原則，不令惡人為所欲為。在現今的投訴文化下，要處理病人與醫護人員之間的衝突，甚至醫暴，極不容易，而她正是箇中能手。

以前的護士，被稱為「白衣天使」，在普羅大眾心目中以為只是打打針、餵餵藥、跟著醫生做記錄、處理文件等，但是時移世易，科技發達，醫療模式比較以前大不相同，護士的角色與功能已不可同日而語，高水平的專業知識、高強的觀察能力、高效的決斷能力，此「三高」為必要條件。

現在的護士已經是集醫護、社工、父母、兄弟、姊妹、打雜、出氣袋、和事佬於一身的機甲萬能俠，機甲只是

外表，而其熾熱的內心才是他們的珍貴之處，成為整個社會中重要的一塊。

這次，她以親身感受，亦以第三者的角度，寫出在工作中之所見所聞，生離死別、一生至愛；無奈、徬徨、感動、喜悅，用清新的手法道出，令讀者們可以對現今醫療工作系統有更深的認識，同時對一名專科護士由少不更事的學護，不停進修學習的心路歷程有所理解。

此為序。

推薦序

鄭嘉倫

1995 年坐在小咩右邊的同窗密友、
現為科技金融公司創辦人之一

這是一本非常有味道的書，取材於繁華大都市中，一位醫護小角色的社會生涯，以淺白而輕快的節奏透過生活寫照描繪成香港的人生百態。

某一個正在用餐的晚上，手機突然收到訊息，原來是我的知己小咩，記憶中上次見面已是大半年前，原來她正忙於籌備新書出版，希望可以請我為她的新書撰寫序章，那一刻，真的有點喜出望外，從未想過往日的競爭對手，竟會邀請我為她的新書執筆撰文。

認識小咩是在中學時期，同窗之間的成績較勁，經已顯露出她不屈的個性，面上總帶著一種不甘後人的傲氣，常常給予他人一種堅毅果敢的鮮明形象，更不時會為他人抱不平；伴在她身邊成長的好友，就會發現她極力掩藏在剛強好勝的面具底下、一個求知欲強的柔弱小女

孩，滿懷著幫人助己的單純想法，一股勁地往醫護的路上向前擠，以行動證明幫助他人首要是做好自己。對於小咩於畢業後投身醫護工作，起初我只認為她是抱著公務員心態，年年跳薪走平穩人生，原來剛好相反，這只是她修行之路的起點。隨後數年，輾轉間得知她是以最前線的醫護工作為目標，從不間斷地進修增值，或許天生的使命感驅使她去幫助更多有需要的人。

對於醫護這一種職業，我一直維持小時侯從故事書讀來的白衣天使形象：只需要每天簡單為病床上的人們送藥贈暖、測體溫量血壓而已；坦白說，這份溫柔的感覺和小咩好像不太搭配，對她的印象一直是那份對事情的執著，尤其在指導他人的時候，更是一台強力的推土機，不合規格的都要推翻重來。小咩就是這麼嚴厲的一個人。

某一年的夏天，正值是我踏出社會後的第二年，那一次的留院住宿確實令我大開眼界。當零距離見識到醫護日常工作原來需要處理病患者的排泄物、嘔吐物，還有一幕幕的血腥場面、協助傷病者清潔身體等超越一般常人可接受程度的厭惡，才有點不知人間疾苦的醒悟。當然以上列出的，對於身經百戰的醫護人員來說亦可能只屬於等閒，並不是甚麼值得一提的小事，但站在普通人的

角度，這一族群的天使確實是一點都不容易擔當。那次以後，才真的打從心底裡升起對小咩的佩服，能夠放下剛傲為他人服務的一份熱情，絕對值得尊重。

世間上並沒有完美的存在，相信各位亦都認同、甚或親身領教過前線醫護的「慷慨贈言」，「醫生未得閒，等多陣喇！」。醫護人員在日常工作時絕對需要高度的集中以達到零失誤的標準，加上長時間的神經緊繃，為求做好本份而煩躁不耐亦可謂人之常情，其實只要大家釋出多一點的包容，回頭再看亦不是甚麼的一回事。醫療是團隊工作的高度體現，懂得接納與包容才是完美的關鍵。只要抱著對生命的熱誠，縱然我們每一位都只是渺小的力量，仍能成為他人生命中的守護天使。

整本書的骨幹都是圍繞著醫護前線工作人員小咩，在日常遇到的生與死、人和事。當中有部分的故事情節，每每在閱讀時，總不期然在我腦海中勾勒出某種情緒，帶有生命無常的味兒。小咩在書中曾提及到一則關於起死回生的急救故事，故事講述一位求診的伯伯突然失去意識，最後在各醫護人員多番努力下，終於從鬼門關走回人間。我非常認同小咩的說法，生命就是這般脆弱易碎。這一刻還會大聲叫痛，下一刻就可能是宣佈死亡。

死亡的意義在書中的每一個故事都不盡相同，而在我的經歷中，七年前的那一次住院，是人生中最接近死亡的一次。

還記得手術後的第一個晚上，傷口爆裂引致突發性大量出血，映入眼裡的彩色漸漸褪變為灰與白，時間流動變得無盡的緩慢，直到剩下一個圓點的光圈後，只感到意識被吸往人生最後的一點光源。經過搶救，總算是平安渡過，但已有重生再世的強烈衝擊，搶救中當我恢復少許意識後，第一件事是聯絡懷孕中的太太，只跟她說了一句摸不著頭腦的話：「我出事了，不過我唔會畀自己死的。」我深信死亡的一刻才是最真誠坦白的時候，因為一切都來得那麼的自然。當大家讀完這本書，將會發現生與死的無常，及時行樂是生命的意義。

香港作為世界上容納最多元國籍的城市之一，醫護的視界與層面廣闊，或許小咩把醫護工作的故事輯錄成一本書，期望藉以鼓勵只懂埋頭苦幹的都市人，留一點空間感受生命的意義。衷心期待藉由這本書，讓大家都知道如何正面對待生與死，進而掌握正向的思維，追求值得珍藏的人生。

衷心感謝每一位於風雨內，陪著香港不退讓的醫護人員。

感激小咩的邀請，能夠在你的新書留下一點印記是我的榮幸。

自序

你好，我是小咩，是一位在香港公立醫院工作的護士，是每天都以跑步的速度來走路的急症室護士。這，是我的故事。

護士，相信是無數小女生的「我的志願」，但，並不是我的。小時候我的志願其實是想成為一位戰地記者，因為可以到危險的地方，以生命去採訪和報道真相，相信是一份充滿挑戰和使命感的工作。可是，理想與現實，始終有段距離。

隨著年月過去，到中三選科，文科還是理科？中西史，三年來都不合格；地理就更差，東西南北都分不清；對生物、化學就最有興趣，成績亦比較好，於是就選理科。從此，我就與「我的志願」背道而馳了。

有時現實是殘酷的。為了生活，理想似乎是遙不可及。預科的時候，面對兩老退休，家境困難，作為家中長女，要考慮的，不單是自己的理想。那時的護士學校可以邊學邊做，讓我既可以繼續讀書，又可以賺錢養家。這就是小咩的起步。

現實下的「第二志願」

三年的「紅衫魚」註1 學護的生涯，絕對是充滿著汗水和淚水。第一次面對死亡、第一次因為救不到病人而哭、第一次⋯⋯經歷了很多很多的第一次。

三年學護訓練，其實課程甚為緊迫。完成第一段八個星期的課堂學習，連制服都未懂穿妥當，就要到病房實習十二星期。所謂實習，就是以師徒制的教授方式，跟著學長學姐去工作。每天下班回到宿舍還要溫習，準備大大小小的筆試和實習試。有多少日子都是依在床邊、手抱著厚厚的生理解剖及內外護理教科書，仰頭而睡。

那時唯一的娛樂，就是每個星期一晚的九時許，電視台播放醫療美劇 *ER*（港譯《仁心仁術》）。每逢那一晚，

都有二三十人一起擠進宿舍那小小的電視房裡，看著那只有二十幾吋的電視，有些甚至是剛放工趕回來連制服也未換。雖然是劇集，但是都會想，自己何時才會變成反應敏捷、救急扶危、拯救生命的急症室護士呢？

這成了小咩的「第二志願」。

畢業後，我在不同的部門待過，一邊工作，一邊進修。每天工作所承受的壓力（來自病人的、家屬的、同事的、上司的、自己的）對於二十出頭的我來說，難免有點吃不消。只是回到家裡，也不想老爸老媽擔心，總會說：「過得好，沒甚麼，不用擔心！」然後躲在被窩裡哭，哭累了就睡。

和朋友聚會的次數亦因輪班工作的關係，愈來愈少；相對地，生活的世界、共同的話題亦愈來愈遠。就在這個時候，我開始了寫網誌。

當時想法很單純，只是想找一個空間，將我見我想的寫下來，抒發一下。那時是一九九九年，颱風約克襲港，是我有記憶中香港第一個十號風球。「小咩」就在那年誕生。

十年過去，在醫院見證無數生死，人情冷暖。在病房看著美國世貿中心受襲擊，全晚的電視畫面令大家都無法入眠；經歷二零零三年沙士，看著自己的同事離世，每天除去保護衣，全身制服被汗水濕透，自我隔離，不敢回家；第一次親手餵初生嬰兒，看他們用力吸啜奶瓶裡的奶，那種使勁，會感覺到他們頑強的生命力；當順利地給他們完成「掃風」，嗝了一口氣，完全明白當媽媽的成功感；有朋友、同事、至親的死亡，也有同事哭著哀求你想法子幫她的家人，可是自己、甚至她都知道，根本無法子，那份無力感的確說不出來。

當我想提醒病人生活上的注意事項，他們說：「你懂甚麼！我喜歡如何就如何，與你何干？！你只是醫生的助手！」當醫生走過來說同一番話，病人就萬分感謝：「你真是仁醫，有愛心又關心病人。」原因就是差一件白袍。護士在他人眼中是如此的微不足道。那時候，當初的理想、熱誠，也被忘得一乾二淨。

最後竟然由碩士課程的兩位教授，再次令我記起「第二志願」。用了十年去裝備自己，亦是時候去實現。轉眼間，我實現「第二志願」的第九個年頭。「小咩」亦走出病房，跑進了急症室。

由初出茅廬「紅衫魚」到現在的「紅膊頭」，面對更多的人生百態、生與死，我很想將工作上遇到的好事、壞事、奇事、好笑事、傷心事和大家去分享。由於網誌網頁停辦，於是在二零一四年的夏天，我搬到 Facebook繼續寫「小咩的醫院生活日誌」。

今次好高興可以將自己的故事結集成書，與大家分享。
除了自身的經歷，還有我的想法。此外，要多謝故事
裡每一位角色，沒有他們，沒有今天的小咩。還要多謝
出版社的百樂。雖然，我算不上一匹千里馬，但他們都
毫不吝嗇地成全了我，讓我完成一個可以拿起筆桿的夢
想。

開始寫這本書的時候，我的確以為寫書就似寫網誌般是
一件隨心所欲的事，誰知，落筆才發覺並不是所想般容
易。拿起筆桿，將經歷、想法具體地勾劃出來，讓大家
感受到我所感受，想像到我所見的，原來是一門學問、
一門造詣。這令我更崇拜中學時代所沉迷的小說作家：
衛斯理、畢華流、區樂民……而且今次我寫的是比較嚴
肅的題目，有別於平日「大癲大肺」的小咩，亦希望大
家可以透過這本書認識我多一點、認識護士多一點。

作為醫護人員，每天面對的生離死別比平常人多，令我
對人生有著更大的反思。雖然明白生老病死是人生必經
的，但眼看生命在眼前驟然消逝，令我更積極找尋生命
的意義，亦令我更加尊重和珍惜生命。

我亦希望這本書能為大家帶來一個訊息，就是死亡，並

不可怕。就算生命短暫，但活出意義，最後亦能為它劃上圓滿的句號。

自知道要寫這本書的時候，多麼希望老媽子會成為我的第一個讀者。可惜的是，這願望永遠不會實現了。我知道她在天上會繼續祝福我的。

這一年，我在工作中、生活中，都經歷了不少。在部門主管的安排下，我再次揹起書包上學去，而且幾乎每次上完早班後都要留下來加班，以完成大量文書工作，身心疲累，就連拿起筆的力氣都沒有。

跟著就是社會運動。因為同事之間有著不同政見，要小心處理，而且社會運動令不少交通工具停駛，就連馬路都要封鎖，我需要確保部門上上下下的同事都安全上班、安全下班，齊上齊落。

看著如此多人受傷送入醫院，看著自己就讀過的兩間大學烽煙四起，是多麼痛心。多少個晚上失眠，睡不好。多少次，提起筆，卻一個字都寫不出來。而在本書落筆之初，本來想讓一位前輩朋友為我寫序，可是這個香港被撕裂、分化了，因為不同的政見，我失去了這個朋友。

那篇序，沒能完成。

好不容易，社會運動似乎緩和起來，誰知 COVID-19 的出現，喚醒了我們一段不想提起，但從未忘記的回憶——沙士（SARS）。

沙士與 COVID-19

二零零三年的上半年，全香港及香港醫療經歷了一次大災難。沙士，SARS，全名為嚴重急性呼吸系統綜合症，於二零零二年初在中國廣東開始爆發，至二零零三年二月，一位染病的教授前往香港並病發不治，香港就陸續出現不明原因的肺炎及死亡個案，非典型肺炎就這樣傳開去。

那時的公立醫院，醫學用的外科口罩或 N95 的存量並不足夠，每人每天上班時只可配給一個外科口罩或 N95 口罩，及一個紙袋。吃飯時，我們會小心翼翼地將口罩除下，放入紙袋內，在紙袋上寫上自己的名字，用魚尾夾夾好，將它掛在治療室門後原本用來掛衣物的掛鉤上，回想起來，實在有點不合衛生。

二零零三年三月，公立醫院裡相繼有醫護人員出現嚴重上呼吸道感染徵狀。當第一個確診非典型肺炎的醫護人員去世，大家都十分焦慮和陷入一片恐慌之中，但當時沒有人退縮，感覺的確有點像打仗，而且是打一場不知敵人是誰、沒有把握勝出的仗。大家都只可以硬著頭皮去上陣。

當時，小咩只是個畢業了一兩年的初級護士，在心臟科病房內工作。由於當時醫院資源不多，所以病房經理都會將外科口罩及 N95 口罩珍而重之地鎖在經理房，而且大家每天上班前都需要探體溫，如發現有發燒感冒徵狀，便要到急症室求診，有需要隔離觀察。而病房就取消預約入院檢查服務，並將可以回家的病人都送回家，以減少不必要的入院和留院。

及後疫情嚴重起來，口罩的供應漸趨穩定，上班時增加了其他保護衣物，如防水的保護衣、眼罩、面罩、紙帽及手套。光是穿上這全套裝備就已經全身發滾，所以不難想像，穿著這套裝備去做心肺復甦及急救有多痛苦。自己身上散發出來的熱氣，困在眼罩內，有如置身五里霧中，連手執甚麼藥也看不見。為免面部大動作口罩會移位，所以大家說話都少了。難得可以除口罩的時候，

就是吃飯。但是在醫院飯堂，當時所有顧客都需要向同一方向坐，還有糾察巡邏，禁止進食時傾談，以免製造飛沫，交叉感染。

每天下班除去保護衣物後，底下的護士制服被汗水浸得濕漉漉的，然後拖著沉重而疲倦的身軀和心靈回家。下班後的生活，其實都不比在醫院的好。那時的我，還在就讀校外學位課程，回到大學，在學生飯堂都要隔著一塊厚厚的透明膠板邊吃邊討論功課，而且有不少的課堂被取消。在學校依然會有朋友、同學和我傾談，但不少以往見面總會寒暄的街坊，都沒有和自己打招呼，不知是大家都心情鬱悶，還是因為知道我是在公立醫院工作的。起初都不以為意，但過了一段時間，我開始發覺，少了與人交談後，自己的情緒其實甚受影響：變得鬱鬱寡歡。原來人與人溝通，除了交換思想和觀點，同時可以抒發心中的感受和情緒，產生一種被人認同和安全的感覺。

因為知道自己是高危一族，於是在不用上學的日子裡一下班就跑回家，回到家就躲在房內。當時的我，非常擔心和害怕。若果我不幸患病，家裡經濟怎麼辦；或是我不幸地將病傳染給家人怎麼辦？

跟著就出現了其中一間公立醫院的內科病房有爆發的情況,然後就輪到一個私人屋苑出現爆發,令沙士在香港的疫情推向高峰。

記得有天早上,有位新入職的健康服務助理來到我的病房工作,病房經理著我向她介紹環境及平日運作。到了中午,她告訴我感到有少許不適,然後我發現她有輕微發熱,於是著她到急症室求診。當我在同事口中再次聽到她的時候,她已經在深切治療部,需要用儀器幫助呼吸;而當我再見到她的樣子,就是在電視的新聞報道中,被公佈離世。

當時縱使未算深入認識她,但對我來說都是個沉重的打擊。因為從來都沒想過人的生命就這樣匆匆的來,匆匆流走,就像隨地抓起一把細沙,它都會由手心流走。

及後,在我工作的醫院裡有多一位健康助理亦不幸感染沙士離世。她總會為要一連值夜七個晚上、晝伏夜出的「紅衫魚」準備好宵夜,讓我們吃飽後繼續有氣力工作。

現在回想,都有點唏噓。

誰料到二零二零的今日，新型冠狀病毒感染（COVID-19）的出現和傳染速度，令香港再一次陷入恐慌之中，亦再一次勾起我們對沙士二百九十九名逝者的記憶。

今次與當年的沙士相比，應對就更困難。首先，新冠病毒傳染速度似乎比沙士更高，而且，市民或內地旅客多了不同的渠道由武漢疫區往返香港，如港珠澳大橋、口岸巴士站、飛機航班等等。同時，正值農曆新年假期，不少人回鄉探親就令感染和傳播風險大幅增加。再加上網絡傳播消息之快，不論真偽，都一傳十、十傳百，不用幾小時，就將消息散播出去。一有消息說會封關就聯想到減少貨物入口，小市民就開始瘋狂搶購糧油雜貨，超級市場的食物貨架變得空空如也，而口罩及消毒藥水就更甚，凌晨四五點已有人開始在藥房門外排隊購買外科口罩，有人因買不到而大吵大鬧，場面混亂。亦有人借機抬高售價，原本只是幾十元一盒的外科手術口罩，現在賣幾百元，甚至有不良商人將別人用過的口罩重新包裝賣給顧客。

另一方面，市民及旅客害怕要被強制隔離，於是就不誠實呈報他們到過疫區或高危地區的旅遊史，遑論進食野

味（如蝙蝠、穿山甲等）及到販賣野味的濕街市。

身處醫院的第一關口——急症室工作的我們，就分分鐘因為他們的隱瞞而陷入危機之中。

現在每天，我都戴著 N95 口罩和眼罩上班。雖然因非急症或小病小痛而求診的人減少了，工作量不算太多，但壓力反而增加了：當病人被推入急症室，我們都會反覆問幾次：「有無外遊呀？去過邊度返嚟？」可惜，很多病人不知道有意或無意，都會隱瞞曾經到訪過的地方，甚至有病人堅稱深圳是香港而和我們爭拗。「有無去過醫院？肺炎病人？濕貨街市？」他們一樣會堅持說沒有，直到醫生問診的時候，才坦白地告知曾經去過醫院探病。

因為要減少保護裝備的消耗量，和減少除戴而感染的風險，同事在一更工作中只能去一次休息室喝杯水、吃飯和上洗手間。即使可以脫下口罩，但為了減少交叉感染，大家都背對背、面向牆壁吃飯，氣氛比平日安靜。

如果有疑似個案需要急救的話，情況就變得更困難。因為穿上保護裝備令活動受限，又要作心肺復甦及注射藥

物，我們就更苦不堪言，但一眾醫護同事都依然緊守崗位。當知道醫院的保護裝備供應緊張，大家都各自去張羅口罩、面罩，不少親戚甚至平日少有聯絡的朋友都主動幫忙，的確不勝感激。

如果我說不怕，是騙人的。尤其是看著每天的確診數字有增無減，有誰不怕呢？只是可以害怕，但不可以退縮。假若連我們都害怕得不再上班，那些來求診的市民該怎麼辦呢？就像二零零三年一樣，大家要團結，互相幫助，齊心抗疫。真心希望這一切會早日過去，我們能脫下口罩相見。

接下來的故事，都是小咩的親身經歷，為了保護私隱，因此他們的名字、性別、年紀、出現時序均與實際不同。

———————

註 1：香港公立醫院訓練的護士學生穿的制服是一件粉紅色連身裙，因此有「紅衫魚」的外號。

第一部分
生如夏花

「生命從何而來？」

我相信這一個問題，大部分人都有思考過，卻未必想得出它的答案。因為，沒有一個答案是肯定的。

小咩的童年，是在教會學校度過的，所以從小就被灌輸，生命是上主、是天父創造的。天父用了開初的五天創造了天地萬物，到了第六天，用塵土造了人。但另一方面，每次回去問老媽子：「我是怎樣來呢？」每次的答案都不同，有石頭爆出來的、產房門口撿到的、街邊竹籮裡撿到的等。

小時候的我，確信這就算是答案。

直到開始接觸科學，才知道生命是奇妙的，由細胞的有絲分裂，一個變成兩個、兩個變成四個，最後組成各種不同的組織，構成器官，結合成一個有生命、有獨立思想的人類。而我，就是糾結在宗教和科學對生命的矛盾觀念之間長成。最後得出一個結論：這一切奇妙的變化，是始於天上的祂給予的，不過就發生在媽媽的肚子內。這神秘又奇妙的四十個星期。

小咩的老媽子常說：「你在我肚子內『逾期居留』，久久都不出來，害我擔心，結果還要我肚皮捱一刀，傷口間中還會隱隱作痛。不過，當我和你外婆看到你時，甚麼痛苦和驚慌，都忘得一乾二淨。」

我未有經歷生育，但是從老媽子的說話之中，都能想像到小生命的誕生、瓜瓜落地，是多麼令人喜悅、給人力量。

自從成為護士，就更能夠實實在在感受到那股新生命帶來的興奮和力量。除此以外，亦更體會到喜悅的背後，一生的故事。

從小生命離開母親的肚子那一刻起，如何去長大、學習、和他人相處、組織家庭、生兒育女，再循環經歷。不同人的經營，就會有不同的經歷。

父母照顧小孩、小孩長大後反過來照顧老邁的雙親、夫妻的互相扶持等……

作為護士，身在公立醫院，每天的工作除了照顧病人身體上的狀況，亦會感受到病人與家人的關係，恍似走進

了人家的生活裡、旁觀著每個不同的故事，面對生活上不同的問題。

我們醫護，可以幫上忙的都會盡量幫忙；可是，不是每個問題都可以幫忙，有時真的只可以旁觀著，束手無策。

這，的確令人有點沮喪。

1.1
三種新生命

當我還是「紅衫魚」的三年護士訓練期間，必須去不同的專科病房裡實習，其中包括婦產科，而婦產科則分為婦科、產前房、產房和產後護理房。其中令我最印象深刻的，莫過於產房。

作為一個十八九歲的「紅衫魚」，總覺得產房大門後的空間，神秘得很。

直至第一天到那裡實習，推開大門，裡面除了生命的誕生，還有更多……

我們當時十個同學一組，第一天就入產房觀看胎兒自然分娩（即是順產出生）的過程。產房的氣氛有點恐怖，因為冷氣偏大，甚至感覺有點寒，而且隱隱約約傳來吵

鬧和慘叫聲。後來走進房間最入面，就知道原因。

房內躺著一個產婦被大塊綠色的無菌布將上半身和肚皮分隔。產婦滿頭大汗，不停痛苦地叫喊，在旁的助產士卻不是溫柔地勸止，而是一邊喝止她叫喊以免浪費氣力，一邊提醒和鼓勵她繼續按照節奏呼吸及用力。

「做得好！用力！用力！用力！不要叫！不要叫！」

要知道，生產過程是講求時間和時機。正常的生產過程分四個階段註1，而每個階段對產婦和胎兒都十分重要。假如生產時稍有不順利，或者過程時間太長，都會影響到產婦和胎兒的生命安全。所以產婦每次的用力，都令房間內的眾人（包括我）一起屏息靜氣，緊張到手心也冒汗。突然身後面傳來「砰」一聲，原來有位男同學實在太緊張，而出現血管迷走神經性昏厥（Vasovagal Syncope）註2，暈倒在地。

而且，生產過程並不如電視或電影那般優雅。在產婦大叫的同時，那塊綠色的無菌布的另一邊，有很多血和水由產婦的產道湧出，助產士輕輕地接住同一時間湧出來的嬰兒。然後，她迅速地把嬰兒用準備好的暖毛巾包

裏，放到俗稱為「救仔車」的初生嬰兒急救車上，作一套全面的身體檢查。用抽吸器吸走嬰兒口鼻中的羊水、胎糞及分泌物後，他就隨即哇哇大哭。我們和產婦都鬆了一口氣。

其後助產士會為嬰兒量體溫，給予一個阿普伽新生兒評分（Apgar Score）去評核嬰兒的健康情況；最後才為嬰兒扣上臍帶夾，剪斷臍帶，讓他成為獨立的個體。

這個全身通紅、軟綿綿的嬰兒就由助產士抱到那個剛叫得聲嘶力竭、滿頭大汗的產婦懷中。她臉上那份滿足感和喜悅，似乎將剛才的陣痛、慘叫都忘卻了。當家人來到產房內探望時，那份期待新生命、新成員來臨的幸福感，就連作為旁人的我都感受到。

舊制學護的訓練_{註3}需要學生觀察十次嬰兒出生的過程。由於當時我們未受過助產士訓練_{註4}，加上是「白帽仔」（護士帽無滾邊，即是一年級生），所以只可以旁觀過程。不過旁觀，其實也可以看到很多人生百態。

對長子嫡孫的期待

廣東俗語有云：「同人唔同命，同遮唔同柄。」

同樣都是嬰孩，縱使都在這間醫院的產房內，由同一位助產士接生，但大家的命運可以截然不同。

某一天，我們又在產房觀察順產過程。

產婦順利地誕下白白胖胖的女嬰。助產士檢查過後，我和她走到等候區請這對母子的家人——產婦的老爺、奶奶和丈夫——一同到產房探望。其中奶奶最心急問我們：「是男還是女？」

我們面面相覷，沒有回答，還是請他們入房親自問產婦。

當奶奶緊張地追問完，產婦回答時顯得有點無奈：「是個女孩。」答罷，沒想到他們三人就拂袖而去。

產婦緊抱住熟睡的女嬰，哭起上來。我跟助產士安慰過後才知悉，她的丈夫為長子，老人家都渴望抱男孫，

為家族繼後香燈。於是夫婦二人遍尋名醫、試盡偏方古法，可是第三個孩子仍然是女的，所以難免失望。

中國人向來都有點重男輕女的想法，認為只有男性才可以擔起家業、傳宗接代。這種想法未免守舊和封建。

今時今日，在這個講求男女平等的時代，性別已經不再是能力的定型，男的可以溫柔細心，女的亦可以負起重擔。雖然，男女分別有著不同的性格特質，不同的體格，但是只要有恆心和努力，沒甚麼大不同。一般傳統思想之中，男丁才是承傳血脈的。其實，細心一想，女兒身上的基因、流著的血，同樣都是承傳一樣的血脈。

再者，當在產房看的不只是正常生產過程，還有不少不足月出生、發育不全的，就算發育完全，一出生就夭折的……所以，要生育四肢健全、心智正常的嬰兒已屬難得。

作為父母或再長一輩的，只要供給一個充滿愛的環境，不論男或女都可以成為一個正直、孝順的人，為何還是介意生男還是生女呢？

小媽媽與小爸爸

這邊廂，剛剛分享了那份新生命出生的激動和無奈；那邊廂，隔壁傳來大叫，護士就著我們到那裡觀察。原來大叫的這位產婦很年輕，只有十幾歲。每隔一兩分鐘，當陣痛開始，她就大叫起來：「太痛了，實在太痛了，我不生了！」

助產士的回應也實在太直接：「不生？這就是你快活一時的後果！不要再大聲叫！用力！用力！用力！」

當然，那個產婦應該痛得沒有把助產士的話聽入耳，只是不停大叫，聲嘶力竭的程度，迴響在整個產房，弄得耳朵嗡嗡作響。

到最後，在一聲慘叫之下，她順利地誕下一個胖寶寶。這個寶寶，胖胖的，眼睛大大，一出來叫喊了兩聲，就吸著自己的小手指，我們一班同學都興奮地逗弄。當產房門被推開，走進來探望的是個頭戴鴨舌帽、手裡還是拿著 Gameboy 的小男生。他只是隨便地望了一眼，然後又繼續低頭集中在遊戲機畫面。

我不期然去想，這到底是個怎樣的家庭、怎樣的父母。
他們會給予這寶寶怎樣崎嶇的成長路呢？

註 3：自一九九九年後，香港護士訓練由受薪學護轉為高級文憑或大學全日制學位制取代。舊制學護的訓練重於實習，以「邊學邊做」為主。

註 4：香港的助產士訓練需要先完成註冊護士課程，然後再完成一個為期十八個月的專科訓練，考試合格才可以成為助產士。

1.2
往前的力量

充斥著大叫大嚷的產房，與產後房及新生嬰兒病房的感覺完全不同。

在產後房及新生嬰兒病房，每天都要為三四十個稚嫩細小的初生嬰兒洗澡、換片及餵奶。房內任何時候都瀰漫著一股嬰兒沐浴露的香氣及奶臊味。

為嬰孩洗澡有時有點似工廠生產線上的女工：一個同學替嬰兒脫衣；兩個同學負責一面抱緊他們、一面用溫水沖洗；另一個同學就用一條大毛巾為嬰兒抹身；最後一個同學，就是當嬰兒手舞足蹈的時候，手腳並用地幫他們穿上尿片及衣服。當他們全身香噴噴的時間，我們通常已經滿頭大汗。

另一項讓大家手忙腳亂的要務，就是餵飼嬰兒。在新生嬰兒病房，每隔一至兩小時就要餵奶。他們好像個小鬧鐘般，差不多到餵飼時間就會輪流大哭起來。

由於不是所有產婦都適合或者願意以母乳哺飼，於是在嬰兒房我們會代替媽媽們以瓶飼或以小杯餵飼。當我抱著他們，將奶瓶或小藥杯放到嬰兒的嘴角旁，他們就會自動噘著嘴去找奶嘴，找到後就使勁地吸啜，喝完整瓶奶後，就露出一面滿足的表情。每當看見他們吃飽後滿足地睡著的表情，雖然自己不是媽媽，但都充滿著成功和幸福感。

除了餵食，我們亦需要教導新手媽媽回家後如何照顧小寶寶。大多數的媽媽都很積極地學習及嘗試，但凡事總有例外⋯⋯

母親的難關

擔當一位新手媽媽，要面對的不單是生理上的改變，還有體內荷爾蒙大起大跌，令她們的情緒亦受影響，再加上當她們生產過後，身體仍然虛弱，但已經要照顧那個極依賴母親的初生嬰兒。假如沒有足夠的家庭成員支持，新手媽媽的確要面對前所未有的壓力。這些壓力，不是人人都可以承受到。

有位新手媽媽在寶寶出世後數天，被社工帶來急症室。社工透露這位新手媽媽自嬰兒出生後，常常哭泣不止，而且開始覺得嬰兒的哭聲很煩擾，令她缺乏休息，甚至失眠。

她的丈夫是位中港司機，穿梭兩邊口岸，所以常常不在家，又沒有其他家人、親友幫忙照顧嬰兒。

今天，這位新手媽媽告訴社工，耳邊有把聲音慫恿她將嬰兒從家中的窗口拋下去。於是，她和嬰兒需要一同留在急症室作檢查和診斷，但是，由於沒有親友能夠代為照顧嬰兒，於是就由觀察室的同事輪流照顧。

急症室沒有太多適合初生嬰兒留醫的物品，所以我們先去初生嬰兒病房，借來一些日用品如嬰兒床、被鋪、尿片、衫褲、幼兒奶及餵飼用品，然後為他換片、鋪床及餵食。

不少同事走來探望，輪流抱抱嬰兒，令整個觀察室都充滿生氣。就連躺在鄰床等待物理治療的婆婆也來趁熱鬧，逗著嬰兒笑。而那個新手媽媽，就因為有我們代為照顧嬰兒，安穩地入睡了。

最後，母親要暫時留在精神病醫院，而嬰兒就先送入嬰兒病房，由醫護人員代為照顧。

新生命，的確令人振奮，不過亦是一個又一個困難的開始。

第二次生命

另一個讓我感受到新生命力量的地方，是中風康復科。

中風，可分小中風、大中風兩種。小中風是大中風先兆；而大中風之中，又可分為出血性和缺血性中風。因為缺血性中風的病人，普遍情況都沒出血性般嚴重，比較穩定，復康的機會亦較大，所以中風康復科裡大部分都是缺血性中風後肢體失去活動能力，或者失去語言表達能力的病人。

中風康復科的工作除了維持病人身體上的基本護理外，其次就是安排他們去做物理、職業及言語治療，最後就是幫忙改良他們家中的設施，方便康復者的日常需要，讓他們盡量回復正常的家居生活，甚至重投社會。

重新學習進食、穿衣、走路，就像退回嬰兒時期一樣，由零開始努力。

雖然我畢業後，只在中風康復科工作了一段短時間，但仍然深刻記得那裡住著一位婆婆，右手及右腳失去了活動能力，語言表達能力亦受中風影響而口齒不清。初來

到病房的時候，她連自己脫衣服洗澡都做不來，於是我每天都用輪床送她到浴室，協助她洗澡。

有天她忍不住哭了：「我無用喇！除件衫都做唔到！點解我唔死？」

後來才知道，她以前是一位車衣女工，有一雙靈巧的手。車衣這份工作，助她養活了一家七八個弟妹。之後，她開了間小小的改衣店，為街坊改衣服、造窗簾。如今七十有多，沒兒女的她，丈夫也年老多病，難以來探望，所以她想盡快康復過來，可以重新照顧丈夫，而不是成了對方的負累。

於是，我每天都見她很努力地做各項治療，重新去學習步行，用特別的工具協助進食和穿衣。看著她一開始，要由兩位物理治療同事攙扶著，再加上步行架，才能慢慢在走廊練習走路。到後來，她漸漸地已經可以自己用步行架步行，再過幾星期，她只是用一支四腳叉，就可以穩步前行。職業治療師和我們，亦指導她如何使用單手去完成一般的日常活動。

近月多的努力練習，令她的右手力量回復不少，雖手指

仍欠靈活，但是進食、穿衣和洗澡這些日常活動已經難不倒她了。

最後，姪女、外甥來接她回家，而社工只需要為她安排日常送飯服務便已經足夠。

再次經歷由零開始，不再有父母的關愛和扶助，難免有點艱難。而我們一班醫生、護士、專職醫療和社工，就要擔起這個重要的角色，盡力協助。當然，個人的信念亦同樣重要。我相信，有志者事竟成。

1.3 寶寶與他們的產地

一般人以為分娩多會在產房，到我完成學護課程後，才知道分娩不一定在產房：可以在急症室的觀察病房內，可以在醫院的便利店外，可以在的士裡，可以在地鐵車廂裡，也可以在家中的浴室等。當然不在產房，沒有助產士在旁及儀器支援，危險性自然增加；更奇怪的是有些產婦甚至到分娩一刻都未曾接受產前檢查。你可能會問：「產檢不是例行檢查嗎？」

有些產婦會基於種種因素而不作產前檢查，例如不知道自己懷孕、不敢去面對懷孕、不想去理會胎兒的情況等……於是，這令醫護人員面對她們分娩的過程時，就像等待揭曉「六合彩」一樣刺激，而且非常頭痛。

第一次經歷產房以外的分娩，是剛畢業的某天我準備上

早班，當我仍念念不忘被窩的溫暖，睡眼惺忪踏入醫院之際，有位女士就坐在醫院大門旁便利店前的座位上呻吟。

我和保安一同上前看過究竟，只見地面有一大攤水，而女士痛苦地道：「呀！我要生喇！唔⋯⋯唔⋯⋯」（用力中）

我和保安一邊勸止婦人用力，一邊夾手夾腳在走廊盡頭推來一張輪床，連行帶跑地推她到急症室「R房」註1。後來師姐告訴我，幸好我們來得及時，因為胎兒連頭髮都已經露出產道以外了，再遲一點的話，她就會在便利店門口生了下來。

在家生產 DIY ？

初到急症室工作的一個忙碌傍晚，有一位叔叔帶同少女來求診。擁有一頭烏黑長髮的少女打扮端莊，看上去大約十多歲，懷中抱著身型細小的初生嬰兒。

少女告知嬰兒跌倒擔心摔傷頭了，要求為嬰兒作詳細檢

查。誰知細問之下，少女才吞吞吐吐地告訴我，嬰兒在同日下午兩三時左右在少女的家中浴室出生，跌了在地上。

「吓？！」雖然看不到鏡子，但想像到當時我的下巴應該掉了下來。

與她同行的叔叔，原來是少女的父親、嬰兒的外公，而這位外公，還親自為孫兒接生和剪臍帶。究竟他們在想甚麼？

少女仍一面稚氣，當我問她：「月經幾時來過？」「有沒有做過產前檢查？」

她一概回答：「不知道！」

於是，我們帶她和嬰兒入 R 房，接受進一步檢查。

接過這個細小的嬰兒，打開襁褓，發現嬰兒已經洗過澡，穿上了俗稱「和尚袍」的初生嬰兒內衣和包好尿布。我替他量過體重，放進孵箱保暖及作一系列的生命表徵檢查。

少女一直告訴我誕下的是名男嬰，但當我解開尿布，見到的是女嬰的生殖器，而且還有一坨已經乾了的胎糞。前面肚臍的位置則貼了一塊大大的藥水膠布。揭開一看，臍帶被剪至緊貼肚皮的長度。註 2 幸好的是，臍帶位置沒有出血。

於是我再問少女，是誰和用甚麼東西切斷臍帶的。

少女一面天真答：「是父親拿在廚房的剪刀剪斷的。」

唉～我的下巴又再一次掉下來。因為這代表剪刀沒有經過消毒，女嬰會有感染的風險。我們再問：「胎盤有沒有排出？在哪裡？」

如果胎盤在分娩過程中沒有完全排出，有可能令產婦流血不止，更嚴重會導致敗血症或產後出血而帶來生命危險。因此，在生產時，當胎盤排出後，我們需要保留，讓醫生或助產士檢查它的完整性。一般做法都會將胎盤與產婦一同送上產後房。

可惜，少女仍是答我：「不知道!」

於是，我們只好替少女作生命表徵的觀察，記錄她陳述分娩的經過，然後立即安排入院。慶幸最後母子平安無恙。

還記得當我從她手中接過女嬰，那種感覺得特別。這個只是出生了幾小時（我們稱為 Day 0）的小生命，全身通紅和暖，手腳在划動，雙眼骨碌碌在轉，精力充沛似的。她在孵箱內亦手舞足蹈，可愛活潑，急症室同事都忍不住紛紛來「觀賞」一下她。

不過，眼見大多數太過年輕的母親，最後都會選擇放棄嬰兒。一想到她日後可能成為孤兒，大家難免有點感慨。

———

註 1：R 房，即是急救房，全名是 Resuscitation Room。這是急症室的心臟，內有各式各樣的急救設備，幫助援救情況嚴重的病人。

註 2：臍帶一般於嬰兒出生時剪斷。剪斷前會用無菌的臍夾於要剪斷的位置兩邊夾緊，以防止出血。夾緊的位置與肚皮相距約十五至二十厘米，然後用無菌的剪刀剪斷臍帶。另外，如果嬰兒需要急救，打點滴或者注射藥物，甚至抽血都可以從臍帶位置導入。

1.4 遲來的好日子

到了急症室工作,所見所聞的就更千奇百怪了。

醫院最怕就是遇上 BOA(Born On Arrival,於到達時生產)因為大部分的急症室護士都不是助產士,包括我;而且,急症室的設備有限,所以很多時都需要急召婦產科、兒科醫生來協助會診。

第一次在急症室接生,我記得是個寒冷夜晚,凌晨三四時左右。當我輪流休息完畢_{註1},還打著呵欠由休息室走出來之時,見「阿爺」_{註2}就在護士站門口遠遠地叫住我,然後兩手指向 R 房的方向,我才發覺上頭「急救進行中」的燈箱亮著,當時心想:為何「阿爺」不親自入 R 房主持大局_{註3}呢?

後來才知，如果是緊急分娩的個案，為免尷尬，男護士會盡量避免協助。

吸毒寶寶

當我一進去 R 房，只見滿地都是血水，躺著的產婦叫囂不斷。本來仍睡眼惺忪，「GCS 得十四分」[註4]的我，立時腎上腺素飆升，整個人清醒過來。

第一次協助接生，自己難免有點慌亂不安。醫生要我取剪刀、準備子宮收縮藥物注射、打靜脈注射、打電話召新生嬰兒科來會診、準備超聲波機、幫嬰兒清潔、磅重、抽血。不用說還有一大堆文件要填寫，真是七手八臂都處理不了。

再加上，產婦說她從來沒有進行過任何產前檢查，即是不知道嬰兒是否足月出生、肚子裡還有沒有多一個，更不會知嬰兒會否有先天問題。於是我們要用超聲波檢查清楚，以確保沒有其他嬰兒在肚皮內。然後，產婦才說她仍有使用海洛英的習慣和本身是丙型肝炎帶菌者[註5]，即是我們要處理的是一個會出現「Withdrawal

Syndrome」註6 的初生嬰兒，亦不知道母體吸毒對這嬰兒造成了甚麼程度的傷害。

最後，一個白白胖胖的寶寶順利出生。當我們抱他到產婦面前，要她親自確認其性別時，她卻呼呼大睡起來。醫生和我都覺得，這個嬰兒認真堅強，排除萬難都要來到世上。希望他會努力生存，生性做人，不要重蹈母親的覆轍。

The best is yet to come

有時，你不得不相信命運的安排。

很久之前，我還是「紅衫魚」學護的時候，到過小兒科病房實習。當其時，那裡有位大紅人，是個大約一歲半的小孩，頭圓圓的、眼睛大大的，可是因為吞咽有障礙，為此鼻上長期插著鼻胃管協助進食，他叫家成。

家成從出生起就在這間醫院住，因為他是個棄嬰。聽學姐說，她媽媽在夜場工作，因為不想小孩阻礙她的生活，所以便不負責任的一走了之。家成則變成了這個病

房內人見人愛的小寶寶。

由於家成是以鼻胃管進食，每次當我們需要餵飼他時，都要像美國自由神像般高高舉起那個充滿奶液、接駁了鼻胃管的大針筒，讓奶液從上而下流進家成小小的胃內。他亦很懂事，會乖乖地坐在床上不亂動，待我們餵好了，他才撒嬌要玩耍討抱。

雖然家成沒有父母、家人照顧，但就有整個病房上上下下的同事，甚至已離開這個病房的同事輪流探望。他有的玩具，比起病房任何一個有爸媽的小朋友還要多。他的生日會，是我們整個病房的同事為他辦的。穿著小蜜蜂裝的家成被我們簇擁著，我現在仍記得他那圓圓、滿足的笑臉。

但是那張四面有圍欄的嬰兒床，似乎是他的監獄。

每天一次的物理治療，治療師要他學習站立，細小的手拉著床邊的圍欄勉力站起來，但同一時間也會哭著彷彿被困監獄，兩隻大眼睛水汪汪的望著經過床邊的每位護士，低聲哭泣，擺出一副可憐的樣子，似是要我們救他出生天那般；每兩星期一次的更換鼻胃管，無論是家成

還是醫護人員，都是痛苦無比。我們要兩三個同事用一張毛氈包裹著他，一個按住他，一個固定頭部，一個將新的鼻胃管插入小小的鼻腔內。完成後，大家都汗流浹背，鼻酸眼澀。

兩年之後，同事告訴我，某天家成的吞嚥阻礙突然消失了，不再需要鼻胃管協助進食，而且他被一對美國夫婦收養了，出發美國前整個病房為他舉行了餞別會，場面感人，連平日很嚴肅的病房經理也哭了。

當你以為到了最差的時候，原來，還有美好的日子留給你，只是遲來一點而已。

The best is yet to come.

希望他在美國會好好地過生活。

註 1：值夜時，護士每人輪流都有一小時的休息時間。

註 2：「阿爺」是香港公立醫院對男護士長的專稱，而女護士長則被稱為「阿打」（Sister 的意思）。

註 3：平日急救的時候，護士長會作一個指揮、協作及記錄的角色。

註 4：格拉斯哥昏迷指數（Glasgow Coma Scale）是醫護及急救人員普遍使用作監察病人的清醒程度的評分，亦是我們的共同溝通語言。GCS 分三部分作評估：眼睛的活動、語言的溝通、活動能力。最低為三分，最高為十五分。「GCS 十四分」，是我們醫護的行內術語，通常是形容同事之間，尤其是剛上班、值夜班時，未完全清醒的意思。

註 5：使用海洛英的人士，多數因為共用針筒而容易患上丙型肝炎。而丙型肝炎會以深層體液（如血液）感染，並會容易引發肝癌及肝硬化。而未有向護理人員申報患有丙型肝炎，都會令他們承受更大的醫療風險。

註 6：戒斷症狀（Withdrawal Syndrome）是一種長期服用藥物形成依賴性後突然停止服用藥物，在十二至四十八小時內可能產生的急性綜合症。如母體長期服用藥物，藥性亦會沿胎盤傳至嬰兒。嬰兒於出生後，失去藥物的供給，可能會出現躁動、哭鬧不安、睡眠紊亂等現象。

1.5

雙親・傷親

父母是天賜的，夫妻、朋友都可以自己去選擇，但是父
母就是沒得選，無論好壞，無論嚴苛或仁慈，他們一輩
子都是你的父母，都需要作為子女的你去尊敬和孝順。

「父母教，須敬聽，父母責，須順承。」
《弟子規・入則孝》李毓秀

現今社會的家庭結構與從前不同，要達到傳統儒家思想
之中的孝順標準的確有著一定難度，所以，我只是想回
歸簡單的道理，有人對我有恩，就要報答。不過，並不
是每個人都懂「報恩」是怎樣的一回事。

主人與侍從

一個炎熱的八月中傍晚，我在急症室的分流站看到一對中年夫婦慢慢推著輪椅走過來。輪椅上是一位十多歲、有點胖的小男孩，蹺著二郎腿，正在沉迷他的手機遊戲。

「誰是病人？因何事來急症室呢？」我如常問道。

想當然爾小男孩沒有理睬我，繼續低頭專注遊戲。身後的父母才開口告知小男孩中午突然感到肩膀痛楚不適。母親關切地多問了一句：「除了膊頭痛，還有其他地方痛嘛？」

「無呀！」

「咁點解唔自己落地行呢？」我心痛著那位站在輪椅後、步履蹣跚的母親。

「一行路就肩膊痛！關你甚麼事！」他依然沒有看我一眼，不屑地回答。

他母親連聲道歉。

我為他量過體溫和血壓，情況穩定，算是次緊急的情況註1，於是就提供了輪候號碼，著他們先到大堂等候，只聽到小孩發施號令：「喂！推我走！」清脆利落。

他的父母始終不如護理人員般能夠純熟地操作輪椅。身後的母親試著倒後拉著輪椅，由來路推出去。怎料輪椅邊輕碰到牆角，沒想到小孩立即大喝：「小心啲呀嘛！都唔知道你點做嘢？！」

母親竟然向兒子連聲道歉。我覺得自己看到的是主人和侍從，而不是父母和兒子。

養不教的果

忙了好一會兒，當我正將已分流的病人資料送入 Walking Clinic註2 給醫生途中，發現有個人影坐在一間關了燈的房間內。於是我走進黑暗裡，靠近一看，認出她就是那小男孩的母親。她靠在牆邊，我試著輕拍她的肩膀，但她沒有反應。見她失去知覺，而且褲襠濕了，

地下有一灘水，連忙雙手抱緊她，同時大聲呼叫幫手。同事們立即推來輪床，扶她躺下，不一會兒女士就醒過來了，但面色蒼白，氣若游絲。同事們七手八腳地為她打靜脈輸入、給藥，我則急忙走出大堂尋找小孩和他父親，向他們解釋女士的情況，並請他們協助辦理登記手續。當丈夫緊張地跟著我走入布簾後探望妻子的同時，小孩仍然無動於衷，彷彿陌生人般照樣坐著。

最後，女士因疑似小中風註3需要入院治療，而小孩經醫生診治過後並無大礙，可以回家休息。當我重回分流站開始問症的時候，遠遠地又聽到小孩在急症室大堂裡大聲喝令父親：「推我出去！」

我抬頭望過去，那位父親急步走過去小孩身旁，迅速將坐在輪椅上的小孩送離急症室。

誰之過？是小孩？還是父母？

現在香港社會大部分都是核心家庭，每家可能只有一兩名小孩，物以罕為貴，自然會受到大家的溺愛，難免有點恃寵生嬌。當老人家、父母開口說：「哎呀，佢仲細，慢慢教啦！」「咪由得佢，佢大個就會識㗎啦！」後果

可能是難以想像地壞。

不過，在急症室，還有很多很多……

長不大的老小孩

「呀！～呀！呀！哎呀！」

有個中年女子坐著輪椅，一面痛苦地呻吟著，一面被推入急症室內。今次推著輪椅的，是個白髮蒼蒼的老婦，左手勾著一支深色的手杖。

我們見女子狀甚痛楚，於是扶她上輪床休息。

這位女士是來看胃痛的，而老婦，則是這位女士的母親。

女子大聲嚷著：「我口渴，要飲水！」

老婦就慌忙地走來護士站問我們哪裡有飲水機，再踩著蹣跚的步伐在飲水機前盛了杯水，送遞到女兒的床邊。

只聽到女兒高聲說：「你點搞㗎，啲水咁凍，點飲？我肚餓，去買啲嘢我食！」

老婦隨即又去添了點熱水給女兒，然後撐著手杖再次緩緩走過來問：「阿姑娘，請問便利店在哪邊？」

我裝作聽不到她們之前的對話：「婆婆，你是不是肚餓？急症室只有一點梳打餅跟脫脂奶，如果你要，我可以拿點給你。不要走來走去喇～」其實我只是不忍心要一個老人家走出走入。

老婦連聲道謝：「好啊謝謝呀～」

當她拿著餅乾給女兒，女兒的反應似乎亦是意料之內：「我想食蛋糕呀，餅乾又硬又無味，你去買返嚟畀我啦～」

老婦聽罷，唯唯諾諾，然後就撐著手杖遲緩地走出急症室。

回頭看看那個中年女子，沒有再諸多聲氣，就躺在輪床上看手機和自拍。

到醫生診斷過後，她被安排服藥和抽血，然後邊觀察情況，邊等驗血報告。不久，老婦就挽著一個白色膠袋回到女兒床邊。原來膠袋內是好幾款不同味道的蛋糕。只見老婦之後一直佇立在女兒床邊，我們於心不忍請她到大堂坐下，稍作休息，但她堅決不肯，於是我們給她一張膠椅，讓她坐在床邊。

三小時過去，最後抽血報告顯示一切正常，醫生亦批准女子可以回家。女子著老婦拿輪椅給她坐，再推她到藥房取藥。老婦將手杖再次懸掛在手臂上，費勁推著輪椅離開急症室。

「養兒一百歲，長憂九十九」，縱使兒女長大成人，作為父母都會擔心、憂慮；但是作為兒女的，眼見爸媽為自己如此奔波勞碌，於心何忍呢？

絕處「縫」生

隨著年月，父母逐漸老去了。從前他們負責照顧你，今天卻連照顧自己的能力也失去了。不論彼此關係本身如何，當他們需要你的時候，你有沒有花一點時間、一點

心機去關顧一下他們呢？

今天，我是位分流護士，負責分流病人。

救護員將一張輪床推近，陣陣異味馬上傳入鼻子。當我
掀開即棄毛氈，毛氈之下是個胖胖的婆婆，身上穿的白
汗衫染滿啡黑色的污漬，左額角瘀腫了一大塊。跟著輪
床走過來的，是個西裝筆挺的中年男士——她的兒子。
於是我問他，婆婆因何事求診。他一邊低頭按手機，一
邊答：「我其實都唔知，係警察通知我來的。」

救護員就開口：「是鄰居報警的，消防爆門入屋，發現
婆婆夾在床邊與衣櫃之間的罅隙，全身都是嘔吐物和排
泄物，同住的伯伯説有四五日了，期間應該無進食、無
飲水。估計婆婆是在床邊跌倒，不過實際情況就不知道
了，因為伯伯都講不清楚。我們已經盡量抹乾淨才帶過
來了。」

我以為被夾在縫隙中斷水斷糧數天，只會出現在荷里活
的災難片中。原來真的可以在現實中發生，還要是香
港。

「咁阿伯呢？」

「鄰居陪住伯伯在家。」救護員再答。

我為婆婆量過血壓和血糖，尚算可接受。我試著跟婆婆說話，查看她的清醒程度及活動能力。雖然她一直醒著，但只是喃喃自語，對提問毫無反應。於是我轉問她的兒子，他一臉茫然：「我唔係同佢哋同住，佢哋兩個都有認知障礙，不過佢哋會照顧自己。」

吓？兩個都是認知障礙（即是失智）但自己照顧自己？

失智症患者會忘記回家的路、要搭的巴士號碼、熄掉灶頭的煤氣爐。表面上他們居住在一起可以互相幫助和照顧，實際上卻一點都不安全，因為他們會連求救的能力都沒有。我再沒有查問下去，而那個西裝筆挺的兒子，看看手錶，表現出一副不耐煩的樣子問：「姑娘，你問完未？我走得未？我約咗人去飲茶～」

走得未？飲茶比照顧那個撞到頭，兼夾在縫隙中幾天滿身污漬的母親還要緊嗎？幾天不吃不喝，即使對健康正常的人來說都一定有影響，更何況是老人家，或者長期病患者？

最後，婆婆需要入院治理，而兒子早在醫生看婆婆之前
已經消失了。

註 1：於香港急症體系，當病人到急症室求診，會先由一位接受特別
培訓的護士，於分流站按照病人病情的輕重緩急而定治理的先後次序，
而非先到先得。護士會以分流制度分成五個等級：危殆、危急、緊急、
次緊急及非緊急。

註 2：Walking Clinic，顧名思義，「行走的診所」是專門診治次緊急
及非緊急類的病人，由於這兩類病況都比較輕，所以大部分病人都是
會行會走，因而得名。

註 3：小中風，正名為短暫性缺血性中風。通常是真正腦中風「大中
風」前的徵兆。小中風會出現的症狀有單側手腳麻木無力、頭暈、耳
鳴、視力模糊、口齒不清或失去平衡感。症狀可能出現幾分鐘或幾小
時，然後消失。若果不及早就醫，及後可能出現大中風。

1.6
孝順的演技

孝順，到底是甚麼？怎樣才算是孝順呢？

孝，是儒家傳統提倡的行為，指兒女應當尊重父母、家裡的長輩及先人的良心意願，是一種倫常關係的表現。所謂「百行以孝為先」就是華人所重視的觀念。

隨著時代和社會的變遷，大家都未必再嚴格地完全遵循這個傳統思想，但總不會背道而馳。

我都是人家的女兒，撫心自問，算不上一個孝順女。

因為輪班工作的關係，雖然以前同住在一間小小的房子，可是很少機會碰面。

當我要上早班的時候，凌晨五時多便要起來，躡手躡腳地去梳洗，其時他們還未睡醒。當我要值下午班的時候，晚上十一時左右才回到家，他們早已睡去了。當我要值夜班的時候，晚上十時就要出門，回到家已是隔天早上，洗過澡，可能連早餐都放棄就去夢裡找周公。睡醒時，大多已是黃昏，甚至天黑了。

到自己成了家，搬到外面住，見面的機會就更少。不過一有空閒，或者準時下班，不需要留在醫院做文書工作的話，我都會駕著小車回娘家一趟，和兩老喝個下午茶。可是每逢大時大節，我都總是被安排在醫院工作，所以，我的壓歲錢很多時在做冬那天就已經準備好；團年的晚飯，可能隨便找一天我休假的日子吃；中秋的月餅，多數在八月十五前一兩星期就吃過了。太忙碌的時候，不能抽空回去，就只能隔天通個電話，問候一下。

「天氣凍呀，著多件衫呀～」

「平日唔好捱咁夜喇！掛住玩電話、追電視劇，早啲瞓呀～如果唔係無精神返工～」

「唔使擔心我哋，我哋無咩嘢，夠錢使，無唔舒服～唔好擔心～」

「又讀書？仲未夠？我怕你又返學又返工，太辛苦～唔好捱壞自己～」

「我煲咗五果湯同你最鍾意的羅漢果水，呢兩日你返屋企飲啦～」

雖然他們總會體諒我的工作忙碌，但自己心裡總有點過意不去。

想當年他們都是辛辛苦苦照顧我、養育我；如今他們老了，做子女的本應反過來照顧他們。

可惜的是，我來不及報這個恩。

負不起的擔子

很久以前，我還在內科病房工作的日子。

有個婆婆因為嚴重的長期病患而住院，來到我負責的病房。每天的探病時間，都會有十多名親友，拖男帶女、扶老攜幼來到床邊探望婆婆。後來婆婆告訴我，原來她

有五個子女，如今個個都成家，子孫滿堂，好不幸福。談起兒孫，她的臉上都掛著驕傲的笑容。

幾星期過去，婆婆病情略有好轉和穩定下來，醫生終於批准她回家。由於婆婆入院前是獨居於私人樓宇，但今次出院後，婆婆的日常起居需要有人照顧會較為合適，如上街買菜、煮飯洗衣等。當我們和她一眾子女解釋婆婆現時的情況時，他們的回覆都是：

「我們自己其實都不太方便，屋企太細，點樣可以接佢返去住？你哋幫手安排送佢入老人院咪得囉！」

香港地少人多，樓價是全球數一數二的貴，所以不難找到一家幾口住在只有幾十平方呎的板間房，連廚房和洗手間都要和人共用。所以，當老人家不能再獨居，需要有人照顧時，大部分子女都未必能接老人家回家同住。就算家中地方充足，但是現在大部分夫婦都需要全職工作，早出晚歸，老人家變相也是整天獨留在家，沒人去看顧，因此，老人家就更可能要入住安老院。

而入住安老院，亦不是家屬向醫護人員拋下一句就可以。首先，家人先去物色合心意的安老院，然後輪候安

排床位，假若經濟有困難，或病人本身無親無故，我們亦可請醫務社工協助。不過，如要領取政府的津貼援助，就需要通過入息及資產審核。

醫生相約婆婆的子女商討出院計劃，其中一兩個子女衣著光鮮、穿金戴銀，但都斷言不會接婆婆回家，而且毫不友善地說：「醫生，我哋做生意嘅，其實都好忙，如果講呢啲事，電話來往唔係就可以嗎？嗱，我哋就接唔到佢返屋企㗎喇！你哋依家係咪要迫我帶佢出院？出到去，佢無人照顧，萬一有咩事，係咪你哋醫院負責呀？！」

後來得知，原來子女就趁婆婆生病入院時將她的舊居變賣了，即是婆婆現在已經無家可歸。自醫生開始和他們商討婆婆的出院計劃，他們似乎因為逃避討論而不再來探望婆婆。就算我們撥電話找他們，不是轉駁留言，就是直接掛線。

看來，沒有商討的餘地了。

中秋到了，大部分病人都會在這些時候向醫生請求回家過節，和家人團聚，吃吃月餅，一同賞月。而醫生亦很

識趣，如果病情許可，都會讓病人提早一點回家。眼見同房的病友都可以回家過節，婆婆心裡一定不是味兒。

雖然，留在醫院，其實並不寂寞，因為每逢大時大節，病人的飯餸會豐富不少，而且，又有不少醫院義工來送禮物、玩遊戲和病人傾談，但始終代替不了和家人團圓的時光。

那年的八月十五，她和我們一起留在醫院度過。

過了中秋，婆婆在醫院社工協助下，獲安排到安老院休養。而直到出院之前，我都再沒有見過她的子女來探望。

別有用心

作為子女，到底有沒有想過父母最需要的是甚麼呢？

救護員將一張輪床推入急症室大堂。床上躺著一個滿面倦容的婆婆，床末跟來一個焦急、不耐煩的中年女子，也就是病人的女兒。

當輪床停泊於護士站旁，我走近準備開口問婆婆的情況，以作分流，女兒就連珠炮發：「呀姑娘，呢張床咁舊，我要換張新嘅！」「呀姑娘，有無搞錯呀，呢度啲冷氣咁凍㗎，熄一熄佢啦～冷親我阿媽點算？」

問過婆婆，原來她今早有點頭暈。電腦記錄中連婆婆一點病歷都沒有，但看她七八十歲，總有點小病痛。於是再問婆婆有沒有長期病患，有沒有於私家醫生那裡覆診。女兒又搶答：「我媽無咩病，平時好健康嘅！姑娘，隔籬床個阿婆不停大叫，你叫我媽點樣休息呢？」

我試著解釋，由於地方有限，請她們忍讓一下，同時盡快安排醫生來診治。

我拿著 X 光袍走近想請女兒一起幫婆婆換衫準備接受檢查之際，女兒已經先一步開口：「姑娘，我唔識同人換衫㗎喎！況且，呢啲嘢，唔係應該你哋做㗎咩？仲有，我媽要小便，我要帶佢去洗手間～」一邊準備拉起婆婆下床去洗手間。

我解釋婆婆頭暈，不宜到洗手間，以免發生意外。我拿了個床盆給她使用，代替上洗手間。豈料女兒開口：「姑

娘，你有無搞錯，界個盆我媽用，你叫佢點屙？你有無良心㗎你？！」

我一邊被女兒罵無良心，一邊協助婆婆用床盆解決。

收起床盆，正等待醫生再診視之際，女兒走過來對我大叫：「喂，係你喇，係你搞出來嘅好事！如果唔係你迫我媽用床盆，令佢自尊心受損，佢依家都唔會用手指想挖自己嘅眼睛出來～依家佢好嬲，你要過嚟下跪道歉！」

她的手指，差點碰到我的額頭。

我並沒有下跪道歉，反而覺得婆婆「用手指想挖眼睛出來」有點不對勁。於是走過去，看到婆婆正想將自己的拳頭塞入嘴巴內，看上去有點神智不清。我立刻走到床邊為她檢查，發現她的格拉斯哥昏迷指數只得十三分。婆婆對我的說話沒有太大反應，於是我在她的指頭採了一點血，量度血糖。當血糖機顯示「HI」註1的時候，我即刻請同事過來幫忙作靜脈輸入，給予生理鹽水。最後婆婆需要入院治療。在工友推上病房的一刻，女兒又再走過來，對我說：「諗返轉頭，前兩日，佢喺屋企篤

手指驗血糖時已經出現『HI』，我仲諗住佢應該無咩嘢。會唔會係因為唔戒口嘅問題？」

貌似緊張、關心，但實在呢？我相信婆婆在女兒年幼時，都替她換過衣服、尿片。為何幾十年後，當母親沒有能力自理了，需要有人幫忙解開鈕扣、換上長袍時，你卻諸多推搪呢？關心、孝順，不是表面的；只表現給別人看的，是虛偽。

註 1：大部分家用測血糖機當顯示「HI」即是血糖指數高過 33.3 mmol/L，正常人的血糖為 4 至 6 mmol/L，而糖尿病患者血糖為 4 至 10 mmol/L，血糖太高，會引起胴酸中毒，慢性的影響會有神經病變，引發視力衰退、腎功能減弱、傷口難以癒合及容易受感染。

1·7
無血緣的羈絆

有時，沒有子女，不一定老來無依。是緣分？還是幾生修到？

記得那天，我和同事拿著咖啡，輕輕鬆鬆走到病房上班。當我一推門，就聽到病房傳來一陣吵鬧的聲音，於是急步走過去床邊看個究竟。眼見十多位護士和保安同事圍著床邊，他們當中有個矮小的婆婆，手執拐杖不停揮舞，口裡不停叫囂：「你哋想點呀？想捉我呀？我唔怕你㗎？你哋試吓行近啲，信唔信我打死你哋！」

這個婆婆其實是急症病房新收的病人。她有失智症，因此來到陌生環境會比較容易不安、焦躁。當護理同事想要她安定地坐下，幫她量度血壓的時候，她卻要到處踱步，於是就吵了起來。結果合多人之力下，她被我們按

在床上，量度血壓、抽血檢驗及作靜脈輸入。醫生為怕她會傷害自己和其他人，著我們為她穿上安全衣。

婆婆沒有因為穿著了安全衣而情緒安定下來。她念念有詞地不停咒罵我們為何要她受苦，而且開始使出她的「秘技」——金蟬脫殼。婆婆用三兩下手勢就將安全衣、供氧氣套管（俗稱「貓鬚」）及尿片脫掉在地上，再自行拔去靜脈輸入喉管，滿手鮮血，爬了下床，拿著拐杖赤腳到處走，還想趁著病房大門打開的時候衝出病房。

我們拿她沒法子，最後只好在她背後貼上一塊大膠紙，寫上病房及床號，有如韓國遊戲電視節目《Running Man》一樣，以防她萬一走失，都易於尋回。

她拿著拐杖，昂首闊步，有如病房經理一樣巡視，說這個床放不對，洗手間未閉上門。跟著又走到對面病床，和另一位婆婆打招呼，然後毫不客氣地吃了人家的香蕉、麵包，還拍著對方肩膀，一同坐在病床上看電視、看窗外風景。看著婆婆，有時真是哭笑不得。

給予幸福的天使

到第二天晚上，終於有人來探婆婆，是位中年女子。一問之下，她原來是婆婆的契姪孫，簡單一點，即是個沒血緣關係的「親人」。

她今天放工到婆婆家裡探望，鄰居才告訴她婆婆不適入院。從她口中得知，婆婆是獨居的，沒有結婚，兄弟姊妹都失了聯絡。她的外婆和婆婆是昔日工友、金蘭姊妹。外婆去世後，她每隔一兩天就會去探婆婆，幫她買菜，打掃一下。雖然婆婆身體還不錯，但是因患失智症，有時會忘記回家的路，難免令人擔心。

婆婆經過治療，身體狀況好得七七八八，但是她的失智症情況嚴重，被醫生們評估後，認為她需要人長時間照顧。和契姪孫商量後，她不太想婆婆住安老院，計劃請一個外籍傭人和婆婆同住，照顧起居，婆婆又可以留在熟悉的環境。可是聘請傭人需時，不是三兩天就可以安排得到。於是，她決定先找醫務社工協助找護老院，待傭人安排好，才接婆婆回家，期間就暫時住在病房。

而婆婆亦開始習慣病房的生活，我們亦開始懂得欣賞她

可愛的一面：幫忙收拾被鋪、餐具，幫忙教訓上完洗手間不沖水的病人等。縱使每天她仍然上演「衝閘」然後被我們拉回來的情節，但氣氛已不如開初如臨大敵，反而更像一場追逐遊戲。

過了數天，契姪孫帶來一個傭人給婆婆過目，還問：「你喜歡她嗎？如果你喜歡，她就同你一齊住、照顧你，好唔好？」

婆婆笑容滿臉，緊握著傭人的手，似乎是看對眼了。

一星期過去，契姪孫告訴我們好消息：社工找到一間護老院可以讓婆婆暫住，明天就可以帶婆婆過去。我們一看，是區內數一數二高質素的，環境舒適，服務亦周到，當然收費亦不便宜。

隔天，婆婆順利地出院到護老院暫住。離開的時候，婆婆似乎不捨得我們，要和每一個同事握過手、擁抱過、說聲再見才肯離開。

又一星期後，我們收到一張咭，是契姪孫寄來的。她感謝我們對婆婆的照顧之餘，還附上一幀相，相中的婆

婆滿面笑容，拿著一張紙，歪歪的字體寫上她自己的名字。

看著她的笑容，我們每個同事心裡都無比滿足。

1.8 夫妻之名

「你們作妻子的當順服自己的丈夫，如同順服主。你們作丈夫的，要愛你們的妻子，正如基督愛教會，為教會捨己。」

—— 《以弗所書》 5:22-25

在醫院裡，常常遇到一些不是常人可以理解的關係，亦非三言兩語能解釋得到，要數到最複雜的都莫過於夫妻關係。

丈夫口中的「傭人」

我在病房工作的時候，有位中年女士因為中風入院。她

右邊身癱瘓，失去照顧自己的能力，作為丈夫的亦不時到來探望。

由於身體狀況劇變，很多時這類病人未能一下子接受過來，隨之而來會有十分負面的想法，甚至情緒病。但是這位中年女士，像個開心果，每天臉上掛著笑容，每當同事走進病房，她都會熱情地向我們打招呼，感覺充滿力量。她亦努力地進行醫治和各種復健訓練，所以她的康復進展比預期好多了，雖然仍然半邊身癱瘓，但是經過物理治療和職業治療的訓練，她開始懂得用另一邊肢體的力量，支撐起自己坐在床邊、用左手拿食具進餐。於是，醫生批准女士出院回家。我相信是她期待以久的。

出院當日，她的丈夫和一位年輕女子來接她。

三四天後，女士因不適再度入院。可是今次，丈夫好幾天都沒有現身。眼見那位女士每天都望向病房大門，期待著丈夫來到，有點感慨。

又隔了幾天，她的丈夫終於露面，這次拖著一位素未謀面、花枝招展的年輕女子：踩著幾寸高跟鞋配迷你裙、

戴著誇張的飾物，還抹了濃重的香水。這回他們逗留了短短幾分鐘就離開了。而她，躺在病床上，哭了。

後來她告訴我，對方是丈夫口中的「傭人」。我相信只要有眼睛的，都知道那個並不是甚麼「傭人」吧！

她在我這個病房住上了好幾星期，經過藥物的治療，病情終於好轉起來，醫生再次批准她出院回家休息。剛巧丈夫和「傭人」來到醫院探望，於是醫生和我知會他們，可以安排家中安裝特別設施，讓她出院回家後方便起居。

豈料丈夫竟然斷然拒絕，說自己已經再沒能力照顧她，也沒錢送她到護老院。當醫生想再嘗試和他商討時，一把年紀但身材高大的他竟然將較矮小的醫生迫向牆角，一手揪著醫生袍的衣領，緊接著一個拳頭向醫生臉上揮動。我試圖拉著他的手，亦被他推倒在地，然後那個丈夫就拖著「傭人」逃之夭夭。

之後的數星期，丈夫和「傭人」都沒有再出現了，而女士就一直鬱鬱寡歡，最後在醫務社工安排下，送到護老院休養。

「百世修來同船渡，千世修來共枕眠」，不是很有緣分，才會成為夫妻、成為對方生命中重要的人嗎？那這樣，算不算緣分呢？

輪迴的故事

急症室雖然不是茶餐廳，但總有幾個常客，三不五時就來急症室光顧。以下這對夫妻就是其中之二。

午夜過後，人流減少了，急症室開始歸於平靜。突然間，聽到大堂傳來吵架的聲音。抬頭一望，有對男女，由警察帶進來，邊走邊互相指罵：「你呢個八婆，好食懶飛，叫你煮飯，你就去打牌！打啦！打啦！輸到家用都無埋先安樂呀你！」上身赤裸，露出一個大肚腩，背部刺了一隻老虎頭的男士怒吼著。

「邊有呀～哼，你話我？！你自己好好咩，日日飲酒，飲死佢啦！返工又飲，放工又飲，遲早啦！」化了濃濃的煙熏眼妝、穿著背心熱褲的女士，亦不甘示弱地回敬。見狀，在場的保安及警察急急將他倆分開。

原來是家庭糾紛。

見過醫生後，醫生認為有需要報警去處理打架（即是家庭暴力）事宜，建議將女士收入院，然後安排醫務社工協助尋找庇護所，而男士就跟警察回警局落口供。

以為這就落幕？那就錯了。

不足一星期，這對夫妻又再雙雙被警察帶入急症室。一問之下，女的去了庇護所不夠兩天，就偷偷逃回家。怎料在家過了兩三天，兩夫妻又吵架，更大打出手，三更半夜驚動了鄰居，於是警察上門，將他們再送過來。

「一日都係你，如果唔係使嚟呢度？！」

「你好得我好多咩？我唔返屋企兩日，好似垃圾崗一樣！」

「我使你理？！哼！你顧掂你自己仲好啦！」

他們邊罵邊走近，保安和警察又再次將他們分開。似乎故事會不停地重演再重演，沒完沒了。

視而不見的丈夫

有時夫婦同住在一間房子、同睡在一張床上，彼此卻可以像個無關痛癢的陌生人一樣互不關心；枕邊人的面容、體型改變了，難道，你不察覺嗎？

救護員推著一張輪床進急症室，上面躺了個皮黃骨瘦的女士。她的身上只穿著一件間條背心和一條發黃的短褲。衫褲看上去有點殘舊霉黃，跟在後頭進來的，卻是個衣衫整齊、襯衫和西褲筆挺的中年男士，兩者形成強烈對比。一問之下，他原來是病人的丈夫，也是叫救護車的人，原因是太太已經好幾天沒有精神和胃口。

回頭看床上的那位女士，單從外表估計她應該是長期病患者：膚色灰黃如土、眼窩凹陷、骨瘦如柴。她的背心上染了幾點乾涸了的深紅色血跡，於是，我在幫她換上X光袍時順道查看一下哪裡有傷口或者出血。

當我戴著手套，試著為她除去背心之際，一摸之下發現這件背心右胸前的布料硬得不尋常，像是被血液浸濕了再乾透的感覺。當我一掀開背心，發現女士的右胸已經潰爛不堪，而且有個如手掌般大的傷口，發出陣陣惡

臭，深紅色的血水混著黃黃綠綠的膿液從傷口不停滲出。

我馬上走出房間，問她的丈夫：「你，係咪同佢一齊住？有無過去病歷？有無看開的醫生？」因為電腦記錄顯示她沒有任何病歷。

丈夫表示妻子平日沒有不妥、不必吃藥，而且兩人是一起居住的。

最後，女士當然要入院治理，不久後，她被診斷為末期乳癌，並且已擴散到身體其他器官，藥石無靈，很快就離開人世了。

你有沒有細細地觀察和你朝夕相對、一起生活的家人？白髮多了？眼尾的皺紋多了？長了幾條白鬚子？憔悴了？消瘦了？

對方可能因為你察覺到的不同，而挽回性命。

1.9
不 離 不 棄

在醫院裡，除了病患之苦，最易感受到的，是人與人之間的愛。

病患的煎熬，是痛苦的；但痛苦，並不是全部。就因為痛苦，才會更感受到愛的存在。沒有苦，哪覺甜呢？

在醫院、在病房內，其實並不是處處都是痛苦呻吟，也有不少時候令人感受到無盡的愛。

每 天 讀 愛

我還在女內科病房裡實習時，病房內靠窗的角落，長年住了一位中年女士。她的床邊櫃放了一個小花瓶、插上

一朵鮮花，旁邊是一個小小的相架，鑲著她和丈夫的合照。

她患的是現今大家比較熟悉的漸凍人症[註1]。

她當時已到了全身無力、癱瘓在床的階段，偶爾能夠勉強說出幾個簡單的詞語。而日常活動，如穿衣、梳洗，都需要其他人代勞。由於二零零三年前（即是沙士前），香港的公立醫院仍未有限制探病時間，她的丈夫，就每天都來醫院，風雨不改。

當我上早班，清早六時多回到病房，開始幫病人量度生命表徵並準備熱毛巾給他們抹臉時，他早已為太太洗面漱口。然後他會幫太太抹身清潔，按摩手腳以減少抽搐和僵直。還有少不了照顧她進食、喝水等。到我下班的時候，已是下午三時多。他，依然會坐在床邊，讀報紙給她聽。

當我上下午班，即是下午兩時左右回到病房，又會見到他正為太太讀報紙，或者讀她最愛的亦舒和張愛玲。四時多，醫生巡房時，他亦會識趣地迴避一下。未幾，他又回到太太床邊按摩手腳、塗抹潤膚霜、修剪指甲等貼

身護理。餵過晚飯，直至我晚上十時許下班，他為她餵過晚上要吃的藥物，才會收拾物品回家。

那是我當「紅衫魚」的第一年。

當我完成了學期考試，踏入「紅衫魚」的第二年，又再次回到同一個女內科病房實習。

她，仍然安靜地躺在那個靠窗的角落。

那年的新年異常寒冷，平均氣溫只有攝氏幾度，皮膚因此乾燥不堪，甚至裂傷，每次洗手，十指有如刀割。用熱水洗手的話，手的皮膚會更乾，於是用冷水洗手，又冷又痛。

雖然天氣如此寒冷，她的丈夫仍然堅持每天早上六時多就到病房，替她梳洗按摩。早早的來，遲遲未走。細看之下發現，他蒼老了不少，滿頭花白，皮膚黝黑了，人也消瘦了。

同時，她也不同了。

那個病，折磨到她面容浮腫，已經說不出話來，只可以有一點眼神交流或者輕輕地點頭示意。她吞嚥的肌肉都差不多失效了，醫生為她開了一個胃部造口進食奶液。

午餐時間過後，我遠遠地看到他架著老花眼鏡，依舊坐在她的床邊，細聲地給她讀著小說。

又這樣，過了一年。

「紅衫魚」的第三年，十月初，畢業禮前的幾星期，我再次被派往那個女內科病房實習。

她和他，依舊仍在。

只是……

她的床邊放著的，不再是花瓶和合照，而是一部不停發出噴氣聲的呼吸機。她的情況變得比之前更差了，連呼吸的肌肉都無法控制了，只能依靠呼吸機去維持生命；不能再點頭示意，只有眼球可以輕微卻不由自主的活動；整個人浮腫難辨、面容蒼白；由於長期臥床及缺乏自主活動，肌肉流失而變得幼細和僵硬，手腳不再像從

前般柔軟。

雖然她的情況變差了，但他卻依舊每天到來，為她抹身、梳洗。下大雨如是，烈日當空如是，颱風來到也如是。

當一位照顧者實在並不容易，尤其是要照顧長期病患者，或者不會痊癒的病症。既要處理生活上的安排、醫療開支，又要承受心理上的負擔。患者對照顧者的倚賴，足以令他們身心俱疲，最差的情況，是當他們照顧了一段時間，受不住這沉重又卸不下的壓力而選擇放棄。

所以，這個丈夫堅持到這三年，除了愛與責任，不會有其他的可能性。

故事就來到這裡，因為我沒有親眼見證到她的後來。不過有同事告之，在我們畢業後的那個冬天，她離開了。相信丈夫在最後一刻仍然陪伴在側，妻子在愛的懷抱中消逝。

註 1：運動神經元病（Motor Neuron Disease），或者「漸凍人症」，是一種漸進且致命的神經退行性疾病。全球不少人響應的冰桶挑戰（Ice Bucket Challenge），就是為了提高公眾對這個病症其中一種比較常見的 ALS（Amyotrophic Lateral Sclerosis）肌萎縮性脊髓側索硬化症的認識。大部分患者發病都是原因不明，因大腦皮層、腦幹及脊髓上下的運動神經元退化及死亡，而失去了對肌肉的控制，漸漸衰弱、萎縮，但不會影響患者的智力及記憶力。最後，大腦失去控制隨意肌的能力，令患者無法說話、吞嚥及呼吸，最後死亡。至今為止這仍是不治之症。

1.10
執子之手

縱使身處在充斥著消毒藥水氣味，或是發炎傷口腥臭的醫院，都阻不了愛在空氣中瀰漫。

當我在心臟科病房內工作的時候，患了充血性心衰竭[註1]的黃伯伯就住在十號床。

不知是不是因為患有阿爾茨海默氏病[註2]的關係，黃伯伯的脾氣很大、很易怒，差不多所有同事的祖宗十八代都被他「問候」過；他有時又會將床邊水壺裡的水撥向鄰床的病人；甚至試過動手打幫他更換床單的同事。

在無可奈何之下，我們只好為黃伯伯綁上約束手帶，可是當他活動受限之後，更易發怒，於是就更聲嘶力竭地「問候」我們。

到了探病時間，我們和他太太詳細解釋情況。她聽後，連聲道歉，然後輕嘆了一聲，沮喪道：「佢原本唔係咁樣㗎。他是位國文老師，斯文有禮，好好先生來，從來一句粗口都唔講。我都唔知道點解，他愈老脾氣就愈暴躁？有時候，由朝到晚在家亂發脾氣，人又唔認得，連我都認不出來！」

被偷走的前半生

太太說罷，我陪她回到黃伯伯的床邊，他忿怒地吆喝：「你係邊個？！你唔好行過嚟！」一邊試著撥開太太拿著湯壺的手。

當太太打開湯壺，倒出熱湯，黃伯就彷彿不怕熱的，一手拿著，大口大口喝道：「你是工人？你叫咩名？呢個湯幾好味。」

太太偷偷地哭了。

這也難怪，兩老一起生活數十載，沒有子女，雙依為命。現在，一下子就變得如此陌生。

當探病時間結束，我遂請家屬離開病房，只見黃伯伯拉著太太的手哀求：「你可唔可以唔好走？」

太太的回答令我眼濕濕：「依家唔係我要離開你，係你依家要離開我！」

不知道那一刻，黃伯伯是不是認得太太，他們兩夫婦，拉著手哭起來。

老夫老妻的愛情，雖然不再有那股撕心裂肺、充滿激情的感覺，但就轉變成好的壞的日子都一同經營，細水長流的、堅定的。

終生守候

二月十四，情人節，其實是為了紀念傳說中冒死為有情男女證婚，而招致殺生之禍的傳教士華倫泰。不過今時今日的這一天，已演變成用鮮花、禮物去向愛人表達心意的日子，但是有多少人，縱使年深月久，仍會用行動表達他們的愛？

這一年的二月十四，如常在急症室內，除了一大堆年輕男女因為情海翻波而打架、濫藥、割脈自殺、醉酒、危坐天台被送來、到處哭哭啼啼之外，還有⋯⋯

一對九十多歲的夫婦，被救護員雙雙送入急症室。其實是伯伯因為小毛病，召了救護車來看醫生，但由於婆婆患有失智症，平日起居都依靠伯伯照顧，伯伯不放心將婆婆獨留在家，因此要求一併送院。

一般在急症室，會分為男、女病人區域。於是，這對老夫婦起初被我們分開放置。每當同事呼喚婆婆的名字時，伯伯都會緊張地坐起來問同事所為何事。

為了令伯伯安心，同事後來將他們兩張輪床破例地放在同一格區內，令婆婆在伯伯的視線範圍內，而伯伯就伸手穿過了床邊的圍欄，拖著婆婆的手。

經醫生評估後，伯伯需要入院治理，於是婆婆就跟伯伯一同送入急症男女混合病房內。

到了病房，因為床位所限，無法將他們安排在一起，於是重新將他們分開。雖然如此，伯伯都不時詢問婆婆的

情況。

後來和伯伯閒聊，原來他今年已九十四歲，婆婆小他三歲，子女大部分都移民了，不在香港。四五年前，婆婆患上失智症，不認得人和路，所以家中大小事，如打掃、買菜、洗衣服等，都是伯伯自己一手一腳處理。眼看婆婆擁有一把斑白但長而柔順的頭髮，衣裝整齊潔淨，相信伯伯一定很用心照顧她。

經過一兩天的休息和治理，醫生批准伯伯出院回家。伯伯即時關切地問：「我女人係咪同我一齊出院呀？」

婆婆身體狀況良好，當然可以和伯伯一起回家。我們見他們都九十多歲，於是想安排非緊急救護車註3將兩老一起送回家。伯伯一聽到，又問：「可唔可坐同一架車一齊走呀？」「佢換咗衫未？」

當非緊急救護車來到接兩老，伯伯準備上車時，婆婆突然說她有些不舒服。醫生診治後，表示她要多留一天觀察。於是我們和伯伯解釋，請他先坐車回家，明天醫生會再看婆婆，若果情況許可，就會讓她回家。他的即時反應是：「好，但係你而家要帶我去見我女人先！」

於是，我們把他帶到婆婆床邊。伯伯欲拉著婆婆的手，但由於他坐在輪椅上，床邊位置有限，於是伯伯就停在床尾，輕拍著婆婆的足踝說：「嗯，我返屋企先，你先抖抖，你聽日返嚟㗎喇！」

說畢，伯伯才願意上非緊急救護車回家。

伯伯的行為，令我們一眾同事很感動。

愛，也許就是這樣。

終生守候。

註 1：充血性心衰竭，是指心臟因冠狀動脈疾病，如曾患心肌梗塞、高血壓、心房顫動、瓣膜閉合障礙，以致無法推送足夠的血量至身體各器官，而出現呼吸困難，嚴重更可致肺水腫及死亡。暫時沒有藥物能完全治好，只可以作控制病情及延緩惡化速度。

註 2：阿爾茨海默氏病（Alzheimer's Disease）是一種由於腦神經細胞死亡而造成的漸進神經性疾病。早期病徵為難於記起近期發生的事情；談話、判斷力變差；失去理財購物的能力。中期會出現情緒異常，如易怒、多疑、反應過度及暴力行為、反復提問、幻覺、日夜顛倒、日常活動障礙。晚期時，日常活動障礙的情況會更差、不能認人、甚至不能溝通。暫時藥物只可以減緩病情發展。

註 3：非緊急救護車（NEATS，Non-Emergency Ambulance Transfer Service）是香港醫院管理局旗下的接送服務，為入院、轉院、出院及到專科門診覆診的病人提供點對點運送服務。服務對象為行動不便（如要臥床、使用輪椅而住所無電梯等）或精神及感官障礙（如視障），未能使用公共交通工具或的士、長者院舍車輛、復康巴士等交通工具的病人。

1.11 救命

R房——Resuscitation Room，即急救房，是急症室的心臟地帶，亦是令大部分新畢業的護士趨之若鶩的地方。因為⋯⋯顧名思義，急救房，當然用來進行急救。交通意外的、跳橋的、跳樓的、工業意外的、火場救出來的、氣喘的、心律不整的、仰藥自殺的、心跳停頓的等等，通通都會被救護員送入急救房內急救。

誰都不知道下一刻被推入來的病人是怎樣的，因此才更加「刺激」。

還記得「紅衫魚」年代，到急症室實習時，看著大師兄、大師姐們在R房急救病人，緊張得不自覺屏著呼吸。只記得當時的幾個護士和醫生，走來走去，甚有默契地，三兩下就處理好病人正噴出血液的傷口，抽了血

去化驗，為病人作靜脈注射及滴注。而護士長就對我們吆喝：「唔係嚟幫手嘅，唔該同我出返去！！」

於是我們立即上前替病人換上手術袍、量度血壓及生命表徵。拿著手術袍的手，仍然抖著，明顯地，驚魂未定。不知道是因為那個血流披面的病人，還是那個嚴厲的護士長。當病人被救活了，那份說不出的滿足感和刺激感油然而生，縱使我只不過幫他換件衫和量量血壓。

到了畢業後，我被派往心臟內科的病房工作。那裡的急救，我相信遠比其他病房多。不知是幸運還是不幸，三年的學護訓練，我從沒有遇上一個心跳停止而需要急救的病人。

當護士的資格

某個夜闌人靜的晚上，心臟科病房突然傳來持續的儀器響聲。我和同事發現有一位病人沒了心跳。同事馬上跳上病床為病人做心外壓，並著我致電給值夜主管和推來救急車註1。我當時緊張得腦內只有一片空白。

當值夜主管跑來病房，見我呆看著一切，時間沒有記錄，又不知急救用的藥物、儀器放在哪，她吆喝著：「喂，你做咩呀？急救你都唔識做？你點做姑娘㗎？」

這句話，牢牢地鑿在我心裡，因為的確難堪。那一刻，我的心變了一嚿石頭，下墜了。我故作鎮定，盡量趕上他們急救的速度，但已經無法回想當時做過甚麼。只記得，最後，病人被及時趕來的醫生來一下體外心臟電擊而得回心跳。

很想很想衷心多謝那位護士長，因為，那句說話其實正中心坎，成了我的推動力。

我之後去讀相關的課程增加急救知識，再申請調職到最多急救的地方——急症室。除了因為我相信工多藝熟，還有希望證明給被質疑的自己看，別人都看錯我了。

到現在，十年的急症室工作，每天的 R 房，似乎是工作的日常。

起死回生

伯伯因為背痛了幾天，來到急症室看醫生，初步問診後被安排照 X 光。在 X 光部等候期間，伯伯突然失去意識。同事試著尋找伯伯頸項上的脈搏，沒有了。於是大叫起來：「人嚟呀～幫手呀！有人 Arrest（心動停止）～」

我和同事合力將伯伯抬上輪床。只見伯伯一臉死灰，大家就手快腳快地將他推進 R 房。

急救房外的警示燈號亮起，大堂作出廣播：「現在急症室有病人需要急救，請各位耐心等候。不便之處，敬請原諒。」

在候診區的人，聽到廣播，亦顯得特別安靜。

R 房內，一位同事為伯伯作心外壓；另一位用氣囊－活瓣－面罩註2給伯伯供給氧氣；我就負責在伯伯的手臂上放置靜脈注射位置，抽血去作配血；醫生立即為伯伯作超聲波檢查，發現他的下腔大動脈有穿破，是腹主動脈瘤（AAA）註3。

醫生一邊著我聯絡外科當值醫生，另一邊就給伯伯輸入未經配血之全血註4，聯絡血庫要求取「紅豆沙與菠蘿冰」註5。

一包、兩包、三包、四包、五包、六包。

伯伯的血壓，一直都量度不到。

突然間，接駁著伯伯的心電儀發出了幾下有規律的「嘟……嘟……嘟」聲。

醫生們一摸，發現伯伯脈搏重新跳動，縱使血壓仍舊偏低。外科醫生即時聯絡手術室，將伯伯迅速地送往做手術。

有時我覺得在 R 房，最能夠表現出「生命影響生命」，同時亦最能體會到原來生命就是這般脆弱易碎。這一刻還會大聲叫痛，下一刻就可能是宣佈死亡。

紅綠病人

這天，和同事一起在休息室吃著茶點。突然電視播出突發新聞：新界有一輛巴士失控，衝上行人路，多人受傷。當大家討論著會不會送來這兒時，只見前輩默默地吃了幾塊餅乾，似乎要早點預備好一會兒的「大龍鳳」。

當我們回到急症室，R房電話隨即響起，是救護員致電來告訴我們要收三紅十幾綠註6。我並沒有特別注意到有幾多個「綠色」的傷者，因為大部分在現場被分流為綠色組別的，都是傷勢比較輕微的。反之，被分流為紅色的傷者，為情況嚴重的，並且要立刻治理。

掛上電話之後，大家都開始準備包紮傷口用的敷料、插氣管導管的儀器、打點滴和抽血的物品等。

當然，最重要就是「師傅教落」三件事，一定要在大型事故發生、接收大量傷者前準備好：第一是上洗手間，因為你不會知下次有機會上洗手間是何時。第二是吃飯喝水，因為你一樣不知耗多久才可以坐下來吃點東西。第三是個人物品隨身，如身份證、少量現金和手提電話，因為你可能要奉召到現場作支援，或要將情況嚴重

111

的病人轉送往其他醫院的專科部門。因此，需要準備現金回程時坐車用。

藍色警號燈在急症室對開的馬路上閃起，大家就知道，要來了。

那個畫面，是震撼的。

救護員先送來一個面色蒼白、只有微弱呼吸的男士。大家開始忙碌起來，打靜脈輸入位置、用超聲波檢查內臟有沒有出血；同時，第二個「紅色」的病人被送入來了。他真是「紅色」的，因為他全身可見的皮膚都被血覆蓋了，

他歇斯底里地叫喊著，但聽不出說話內容，只是一直咆哮著。我嘗試按著他的手臂安撫，但他沒有理會，用力撥開。我抬頭一看，只見他血流披面，看不清左眼和額角位置。

因為左邊的眼睛和額角都不見了。

第一個送來的病人完成超聲波檢查後，發現心包有積液。假如積液繼續增加，會阻礙心臟跳動，形成心包填

塞_{註7}。醫生將一支粗如籃球氣泵的泵針小心翼翼從胸腔往裡刺，然後拉著針筒，針筒慢慢充滿深紅色的液體，而病人的臉色亦一下子紅潤起來。

當第二個病人被綁在床上、推向電腦掃瞄的時候，第三個「紅色」到了。

他是被固定於脊椎夾板之間推入來的。他仍然清醒著，但口鼻出血，表示呼吸困難，而且左手臂的傷口深至見骨，有點變形。醫生為他安排 X 光檢查，發現他的左上臂、左邊有幾處肋骨都有骨折，左肺有下陷的情況。這表示，他的肺部有損傷，有空氣或血液在肺內令之下陷。於是同事就協助醫生插入肺引流，吸出了大量血液，病人就突然失去知覺。我們立即為病人輸血、輸液，最後病人醒過來，並且順利送上病房。

當我步出急救房時，外面一片混亂，因為真的送了十幾個「綠色」來。雖然都是輕傷，但就叫痛叫得最響亮。這個要洗傷口，那個說腳趾擦傷了還未有醫生來照料。

當所有病人都安頓好，要入院的入院，要回家的回家。再看看大鐘，原來已是下班時間。看來我錯過晚飯時間，該吃宵夜了。不過這絕對是充實的一晚。

註 1：救急車（Crush Cart）是一架專用以急救病人的的手推車，車上每個抽屜都有系統地擺放了急救所需物品，如第一層是針對處理氣道的，第二層是循環系統，第三層是急救藥物等等。這架車，在醫院裡每個病房，甚至門診或電腦掃描部都會放置，而入面的物資與擺放置方法都是一式一樣的，以便同事取用。

註 2：氣囊－活瓣－面罩（Bag-Valve-Mask），或稱人工呼吸器或加壓給氧氣囊。它在醫護搶救病人時，作替代口對口人工呼吸的功能。將面罩完全地覆蓋病者的口鼻，擠壓氣囊，就能為呼吸困難的病人於未有氣管內導管插入前，提供正壓供氧。氣囊及面罩有不同的大小，適合成人及嬰兒。而且，氣囊的末端可以接駁氧氣喉管以提高擠壓氣囊出來的空氣含氧量。

註 3：腹主動脈瘤（Abdominal Aortic Aneurysm），大部分病發者都是五十歲以上的男性。超過 85% 的腹主動脈瘤在腎臟以下的主動脈。由於長期受壓，如血壓高等，令腹主動脈不正常地脹大，血管壁變薄，成了一個如計時炸彈的血管瘤。當它破裂時可能造成突發性的腹部或背部疼痛、低血壓或因失血過多而死亡。

註 4：未經配血之全血。一般需要輸血的病人，都要先經過抽取血液樣本作配血，然後由血庫安排適合的血液給病人輸取，需時約數十分鐘。但急症室是創傷中心，假若出現大規模創傷事故，如工業意外、嚴重車禍，救護車都會首先將傷勢嚴重者送來救治。於是，急症室內就有一個小小的雪櫃，用來放置未經配血的 O+ 全血，用來應付情況危急、需要輸血但配血程序未完成的病人。

註 5：「紅豆沙與菠蘿冰」是我們的術語。「紅豆沙」（Pack Cell）即是急凍血球，因為是一包濃濃的深紅色液體，與紅豆沙極相似而得名。而「菠蘿冰」則是新鮮冷凍血漿（Fresh Frozen Plasma），抽取全血液中不含紅血球的凝血因子及血漿蛋白，呈淺黃色，又由於是冷凍的關係，從前血庫配給時，它仍是結冰狀態，要到病房自行解凍，因而得名。

在輸血過程中，若只輸入紅血球而不給予血漿，會令凝血功能出現異常，最嚴重可引致致命的瀰漫性血管內凝血（Disseminated Intravascular Coagulation）。

註 6：災難事故的現場分流制度，香港現在仍沿用 START（Simple Triage and Rapid Treatment），大致分為四個顏色組別：「紅色」，第一優先，顧名思義，即是情況危殆，要立即處理；「黃色」，第二優先，即是情況嚴重，要盡快處理；「綠色」，第三優先或叫輕傷，大部分傷者都清醒，能自行活動，會在現場稍作處理傷勢，再於較後時間才送往醫院治療；「黑色」，死亡，即是在現場已是明顯死亡或是無可能救活的太嚴重傷勢，這都會在現場給予止痛及紓緩治療。

註 7：心包填塞（Cardiac tamponade）是指包裹心臟的心包膜與心臟之間積聚了大量液量，而形成壓迫心臟的情況，輕則呼吸困難、重則會引致心因性休克。

心包炎、創傷都是常見的起因。解決的方法，都是作心包穿刺術，就是於臨床用一支粗的針管接駁針筒或軟喉，經超聲波引導刺穿心包作引流，是個非常危險的手術。

第二部分
死若秋葉

談過生，當然不能避免談死。

死亡一向給人類一個可怕的印象，總是與黑暗、魔鬼、地獄和苦難相連在一起。我想大家都害怕死亡的原因，是源於未知——我們就是對自己不清楚的事物產生恐懼。

不同的民族對死亡都有不同的詮釋和反應。在西方社會，死亡並非完全的哭哭啼啼，可能基於信仰和傳統，令他們覺得死後去的地方可能比現世更美好；但是，在華人傳統中，死亡是不祥的、需避之則吉的，長輩們更不想提及。

死亡對於我以至護士這個行業並不陌生，因為這是學護生涯的第一個考驗，比其他考試測驗都來得早——第一次「打包」，即是死後護理。

不過，記憶中我第一次面對死亡，其實是五六歲左右，外公的離開。在我僅有的稀薄記憶裡，只有老媽子的眼淚、冥鏹燃燒的氣味和拋入化寶爐而飄起的小火星、嗩吶的吹奏聲、頌經、「破地獄」註1和一班表兄弟姐妹玩樂的聲音。

那時，根本不明白大人們在做甚麼，更遑論恐懼、傷感。

直至打算投考護士學校時，以前在醫院工作的老媽子才給我一些心理建設：人就像一個電動玩偶，而死亡，就像玩偶沒了電般失去動力，唯一不同的是人類無法重新給予動力。當時我並沒有宗教信仰，而且就讀理科，久而久之，我就將死亡看得比較理性與科學化。

後來因工作上的需要，我很多時要和死亡來一場又一場的較量、競賽；情感的衝擊，似乎被擱在一邊，未來得及理會。那時的我，只將失去家人這種痛苦的感覺當作是工作的一部分：當陪伴家屬到床邊瞻仰遺體時，有時都會鼻子一酸，眼泛淚光，卻從不敢流下來，因為在受訓時，老師說過護士一方面需要有同理心，理解病人及親屬的所需所感之外，亦是他們的求助對象，應當更冷靜和鎮定去替人排難解憂；若在對方面前哭哭啼啼，則是軟弱和不專業的表現，因此，我上班時都會收起個人情感，盡量表現專業的一面。

在大眾心目中，護士看似是冷血無情的，每天面對生老病死，似乎都麻木了，沒有牽動一點情感，但其實護士都不過是凡人，會哭會笑，只不過我們為病人所掉的眼

淚，不容易被看見罷了。

如果有天你發現護士拿著紙巾，躲在一角逃避他人的目光，請不要懷疑，我們應該是在偷偷地拭淚。

原來有些事，真的要親身經歷過，才會知道箇中感受。就如《哈利波特》中的騎士墜鬼馬（Thestral）一樣，只有目睹過死亡，才會看得見。因為經歷過親人離世，現在的我，更懂得去體諒逝者的家屬。

註1：破地獄，是道教喪禮中的儀式，通常由四至六位法師進行，一邊念誦佛教經典，一邊揮動桃木劍，作穿步及破瓦等動作，並會在瓦片上加油點火，打開地獄之門，讓逝者早日離開地獄，進入輪迴。

2.1 初遇死亡

我人生中第一次接觸死亡，是幾歲時外公的離世，但是記憶已經很模糊，因為年紀尚小根本不懂得失去親人到底是一回怎樣的事。

到了真正有所感覺，應該是護士學生一年級時候。那一個中午，我在病房內派發午飯給病人時，躺在靠窗病床上的伯伯突然大叫：

「我好辛苦，快啲來幫我！」

於是我匆忙跑出護士站找當值的經驗護士來協助，但當我們回到伯伯床邊，他已經沒有了呼吸脈搏，因為他簽下了 DNR（Do Not Resuscitation）註1，所以我們也沒有為他進行急救。刻下，我為了自己沒跑快點去救活

伯伯而哭起來，久久未能平伏。這是我第一次感受到死亡帶來的悲傷和難受。

雖然和這位伯伯非親非故，但是當生命在自己眼前驟然消失，前一刻還會説話，只是一個轉身就沒有了心跳呼吸，旁人難免感到無奈及哀傷。這一次經驗也讓我知道作為一個護士，個人情緒就要收得穩穩的，因為我們需要冷靜去處理情況，無論是通知醫生、家人，甚至急救，都要鎮定及保持思路清晰，才可以確保給藥不會出錯、急救步驟不會搞亂，況且還有其他病人需要去照料。為病人所流的眼淚，就只可以留在更衣室、浴室、和自己的被窩裡。

在醫院離世的病人，都會需要經過遺體護理。我比較喜歡英文「Last Office」——最後護理。護士會為遺體清潔，除去那些急救用的喉管和紗布，換上清潔的長袍，然後讓家屬作最後告別。這也是作為護士學生的第一個考驗——膽量測試。

很多人都會問，進行 Last Office 的時候，是不是很可怕？我可以告訴你，習慣後並不可怕；但第一次面對一副失去生命的軀體時，難免會有少許怯懦。只是一想到

我們曾經盡力照顧過、急救過，沒有虧欠對方，就不會再害怕。Last Office 是以尊敬的心，讓他們有尊嚴地離開，因此我們會當對方仍然在生，小心翼翼地處理，例如需要轉身的時候，仍會對他／她說：「先生／女士，現在我們幫你轉身。」

如果是在急症室完成 Last Office，我們會將遺體移離那個血跡斑斑、凌亂不堪的急救房，然後放置在一間整潔的房間，好讓家屬可以走到床邊瞻仰，一方面要保持離世者的尊嚴，另一方面亦要好好關顧在世者的情緒和需要。對於如何照顧在世者的情緒需要，是一門艱深的學問，我仍在學習和摸索中。

在這二十年的護理工作裡，看過千百個走到床邊瞻仰的家屬，每個反應都不一註2、註3，有些會數十人大大小小跪在床邊幾小時，哭著大叫：「返嚟呀！返嚟呀！」驚動整個病房；有些就圍在床邊手拉手，低聲唱著聖詩，然後祈禱，由神父舉行傅油聖事註4；有些就兩三人守在床邊低泣著；有些則請一班道士或者僧侶前來頌經。

記得有位婆婆彌留之際，我負責致電通知她的唯一親人——兒子。那段對話，至今難忘：

「先生，我係病房護士，請你快啲嚟醫院見你媽媽，佢病情惡化，隨時會離世！」

「哼，佢死咪死囉！關我咩事？我係唔會嚟睇佢㗎喇！」然後，我聽到另一邊的電話筒被猛力擲下，斷了線。

我無權去批評，也許婆婆生前與他的關係不好，所以兒子才有這種反應。只是，看著婆婆孤獨的身軀，很難不為她而難過。最後，沒有人來見她最後一面，悄然離世。

除了一些無奈的，當中也有一些令人感動的。

又有一次，離世的是一個伯伯。來瞻仰的親屬只有一人，就是他的太太。她一頭銀得發亮的頭髮，夾了個深色的髮夾，身穿了一件旗袍。我陪她走到床邊，她並沒有哭哭啼啼，只是伸手緊緊地握著他的手道：

「伯爺公，安心走，唔好擔心，應該無幾耐我就會嚟陪你囉。」然後她就回家了。

一個只有幾歲的小朋友，在急症室搶救無效，不幸離世

了。作為父母當然難以接受，當我帶他們去到小朋友床邊作最後道別時，她的母親一手將小朋友緊繃的身體抱起，緊緊擁在懷裡，然後像哄她入睡般的囈語：

「媽媽知道你好辛苦，捱咗好耐，而家你可以乖乖休息，下一世請再做我女兒，再可以健健康康地跑跑跳跳！」

另一邊廂，她的丈夫默不作聲，只是猛力地踢牆。

雖然我沒有子女，但聽到他們對小朋友最後說的話，亦難免心酸動容。

———

註 1：DNR，Do Not Resuscitation，不作急救：即在病人情況轉差時，不作電擊、心肺復甦、插入氣管內導管、使用呼吸機及注射強心藥等急救程序。在香港的醫療系統下，如經醫生評估，病人的病情已到了不治的地步，醫生會與仍然清醒的病人或直系親屬（如病人已昏迷或失去判斷能力）商討，需要時簽署不作急救的同意書。此同意書會每幾星期或因病人的情況作重新評估，同時病人或直系親屬亦可隨時更改意向。

註 2：陪伴家屬瞻仰遺容的原因有二：一是怕家屬不堪失去至親的打擊而不適或自殘，可以立即處理；二是看守遺體，以免家屬會損害遺體。

註 3：面對死亡哀傷，以前護士學校是根據 Elisabeth K bler-Ross 於 1969 年出版的《論死亡與臨終》（*On Death and Dying*）分為五個階段（Five Stages of Grief）

      1. 否認：否認面對死亡的事實
      2. 憤怒：怪責死亡事實的來臨
      3. 討價還價：試著用現存的東西去與死亡討價還價
      4. 抑鬱：對死亡的事實感到傷感
      5. 接受：接受死亡的事實

每個人經歷哀傷的階段都會略有不同，未必會完全及順序經歷以上的所有階段，亦有可能有人會停留在某一個階段而沒有再推進。

註 4：傅油聖事，或稱為臨終祝禱，是天主教、東正教和一些新教教會的聖事。這聖事予病人屬靈的幫助及安慰，為病重的信徒或非信徒的罪得到赦免。如以天主教儀式進行，會請神父到病人的床邊，用已祝聖的油，為病人祝禱及在額頭畫上十字。

2.2
老爸的骨灰

當工作時看到逝者親屬的眼淚，我以為自己已懂得死亡的傷痛，但廣東話俗語有云：「針唔拮到肉唔知痛。」當自己經歷父母的離開，我才實實在在體會到，那種難過，不是一句「節哀順變」那麼容易處理。

聽說，女兒的性格，多數是遺傳自爸爸的。現在回想過來，我的性格，的確有幾分像老爸，都同樣固執，總是將工作放第一位。可能就是太相似，於是我與他的關係，總是有點「火星撞地球」，對他的了解亦不深，直至老爸患病。

得知老爸出事，是我妹打電話給我：

「姐，老豆半夜入咗院！」

當時，我正在醫院作 Nurse Practitioner 註1 的實習。當我慌忙趕到另一家醫院，因心肌梗塞註2 入院的老爸卻坐在病床上頑皮地笑，他並不知道自己剛才其實和死神擦身而過。後來，因為心臟的問題，他常常進出醫院。

作為女兒、護士的我，絕對可以想像到他身體上的病患為他帶來的痛苦，但是，他從沒對我們抱怨過甚麼。那時的我，既要上班，又同時就讀兩個與急症相關的課程，只能放工、放學抽空就去探望他。

而他亦很堅強，總是在家人探望時裝作一臉輕鬆，希望我們不要擔心。

類似的病例，讀書時已讀過，在病房亦見過不少，因此心中比誰都清楚，這個病是無法根治的，只會日漸變差，所以只能早日為自己和家人作好心理準備。我真的以為，自己能夠像平日面對其他病人的死亡一樣，表現得平靜鎮定，不會太傷心。

他離開的那一天，我在家溫習、趕功課之後，正在前往醫院的路上。就在那程的士上，收到病房護士打來的電話……

我以為我會很鎮定。

我以為我不會哭。

我以為我⋯⋯

到頭來，我跑入病房，看到他就失聲痛哭了，就跟平日工作時見到的病人家屬沒兩樣。

雖然，面對生與死，本應是我日常生活的一部分，但當發生在自己身上，根本無法以平常心看待。

其實護士脫下制服後，都只是個凡人。

不要以為我們生死見多了，就能淡薄視之。知道是一回事，了解又是另一回事。

原來有很多事，其實都需要親身體驗過，才真真正正了解是怎麼的一回事。而人總是要到失去，才會去珍惜、懷念曾經擁有過的一切。我亦不例外。

在他離開前的幾天，我請那醫院的天主教牧靈部同事白

天作探訪，因為我知道病人長住醫院是一件非常苦悶的事。不知是否天主安排，為我帶來一位懂潮州話的牧靈部同事。

老爸是個潮州人，老人家能夠和同鄉用共同的方言閒話家常，是件開心的事。探訪當晚，我去探他，他笑著埋怨為何找個說潮州話的人來探訪，他早已忘了怎樣說潮州話了。其實，語言是記憶，就如踏單車，一朝學懂，就不會忘記。

隔天的黃昏，他就深深地睡去了。

處理好身後事之後我去向牧靈部的同事道謝，她複述起當天探訪的情況：當老爸聽到她說潮州話，笑得開懷，並說自己很久沒有這樣笑過。他知道自己命不久矣，但沒有一點悔恨，因為知道女兒長大了，會照顧這個家。他還請她轉告我，知道我如他一樣固執，但要懂得放輕鬆，不要逼得自己太緊。

聽罷，我既欣慰又後悔。欣慰，是因為知道他最後的時間是愉快的；是因為我本以為他不了解我，但其實最了解我的人是他，而且，他放心，亦願意把這個家交給

我——一個常常和他鬧意見的女兒。

後悔，是因為我從小到大都沒有好好的和他溝通，恨大家相處的時間太少，而且，很想很想再看到他那個愉快的笑容。

最後，我想都沒想過，給我固執守舊印象的老爸，遺願是將自己的骨灰撒進茫茫大海之中註3。

在一個風和日麗的上午，我們一家乘船出海將老爸的骨灰撒落大海裡。

沒有墓碑，但我相信，要記念一個人，不必一些有形的東西，因為他永永遠遠就住在我們心裡。

從他離開以後，我明白到，當摯親離世，感受是六神無主的、是慌張的。無論你對程序、情緒反應有多熟悉，甚至早已作好心理準備，當死亡來臨時，腦袋還是一片空白，除了哭泣，不知所措。

我覺得，當刻最需要的，是一個鎮定的人陪伴、安慰他們，和告訴他們應該怎麼辦。那怕只是輕拍肩膊，遞來

一杯溫水或者幾張紙巾，這都比隨便說句「節哀順變」有幫助。

在急症室和病房裡，我就要做這個鎮定的人。

註 1：護理實務（Nurse Practitioner）在歐美及澳洲推行多年的診症模式，香港則是十多年前從英國引入的。一些往急症室求診的簡單受傷、上下肢骨折、關節脫位、傷口處理等，都可以由有經驗及受過大學有關專科訓練的急症科專科護士診治，包括由問診、受傷部位檢查、處方 X 光、處方藥物、轉介有關專科及治療安排，目的是減少醫生的工作量及縮短病人輪候時間，同時亦為護士帶來更大的自主性、提供更高效率和質素的服務及增加病人的滿意程度。現時，香港有五間公立醫院急症室有此服務。

註 2：心肌梗塞（Myocardial Infraction），是一種急性及嚴重心臟疾病。心臟有三組冠狀動脈提供心臟肌肉血液循環，假如任何一組的分支突然中斷（統稱冠狀動脈疾病，如動脈粥樣硬化等），心肌會因缺氧而損傷，甚至壞死。心肌梗塞的典型症狀包括：胸口中央或靠左方壓痛，可能會轉變為左肩膊、手臂、背部、頸部或下顎的不適，其他症狀包括呼吸困難、噁心、昏厥、冒冷汗。心肌梗塞可能會造成心臟衰竭、心律不齊及心動停止。以下是病發的高危因素：高血壓、抽煙、糖尿病、缺乏運動、肥胖、高膽固醇血症、營養不良、酗酒。診斷心肌梗塞的檢查有心電圖（ECG）、驗血、冠狀動脈造影等。而治療分藥物及入侵性，常用的藥物有阿斯匹林、硝化甘油、鴉片類藥物、氧氣、肝素，而入侵性治療有經皮冠狀動脈介入治療（PCI），俗稱「通波仔」，放入導管將動脈擴張，植入支架。

註 3：海上撒灰，是綠色殯葬的一種。由於香港的合法墓地及骨灰位供應不足，於是引入海上撒灰，同時亦符合環保及達致天人合一、生命源自海洋亦歸於海洋的思想。香港於 2007 年 7 月第一次提供海上撒灰服務，主要由食物環境衞生處負責。網址：https://www.greenburial.gov.hk/tc/scattering-cremains-sea/intro.html

2.3 不辭而別

曾經在網上看過一篇文章，解釋世上並沒有「節哀」這回事，因為哀傷的感受是被動的，我們沒有辦法主動令哀傷減少，只是隨著時間過去，人會開始習慣和哀傷共存而已。

老爸離世後的數年，一家人的情緒也漸漸恢復過來，各自重新投入自己的生活。老媽子亦打起精神，定期到老人中心上興趣班、做義工，日子過的得好不充實。誰知她會不說一句就離開了。

記得那天的天空是蔚藍色的，一朵雲都沒有。我結束早班工作後，想著回娘家探望老媽子，一同來個下午茶。試著撥她的手提電話，但沒有人接聽，因為她買菜有時會不帶電話，所以我不以為意。過了些時間，我直接致

電回家，但仍沒有人接聽，於是索性回娘家看看。

打開大門刻下的畫面，至今仍歷歷在目。

她躺在地下，像睡去了，電視和燈還亮著⋯⋯

我抖著手打了 999 報警，為她蓋上被鋪，哭成淚人。

我再一次經歷面對死亡的五個階段：

否認

當時以為自己在做夢，完全不相信眼前是事實，可能太突然了吧。

接受

隔天，我將她的電話簿裡的電話，一個一個地撥，將這個消息告訴她的朋友，才開始接受她真的離開了。同時發現，在他人口中的老媽子，是開朗的、樂於助人的，而且常常將女兒掛在口邊，並沒有因為我們忙於工作沒時間陪她而抱怨。

討價還價 / 忿怒

當時我的確怪責自己，明明是個護士，救得了別人的爸媽，卻偏偏救不了自己的媽媽。假若我能提早一天回娘家，會不會及時察覺到她不適？老媽子會不會就平安無事？於是我久久未能釋懷。

抑鬱

事發後第二天，我仍如常上班，結果沒有好好處理自己的情緒，即使不斷和朋友傾談，心情亦未能平伏。直至和做醫護的前輩談起，原來對方也經歷過相似的情況，才知道只要是醫護，面對這些事情，都會不期然有怪責自己的念頭。事隔一年後的今天，想起她還是會哭，但已經沒有再太怪責自己了。

老媽子雖然沒有讀太多書，但思想卻開明得很，這可能和她自少就跟我外婆在醫院員工宿舍生活，和後來在醫院工作過有關。她早就見過生離死別，也不忌諱參加一些安排身後事的活動，並將她的意願告訴我們。

她想將骨灰撒在花園裡，和大自然在一起。

最後我跟妹妹在冬至的涼風之中，踏著碎石小路，一同拿著撒灰桶，按一下撒一圈，在親友的見證下，將她的骨灰撒在小小的草坪上。

回想起來，老媽子去世那幾天，身邊所有人包括丈夫、警察、救護員、999 的接線生……説過的話我通通聽不進去。當時我最需要的，只是在一個安靜舒適的環境中，有一個信任的人陪伴著，讓感情紓發，或認清事實；因為先處理心情，後處理事情，會事半功倍。

可是，在我每天工作的急症室，當急救失效時，大家都只能趕快處理及安排遺體放置、家人瞻仰，同時清理 R 房，準備給下一個急救的病人使用，有時甚至未來得及善後，下一個危殆的病人就已被送到，所以，人手和時間限制下令到大家無法花時間對離世病人的家屬給予一些情緒上的支援。這是令人遺憾的。

與死神擦身而過

死亡，原來只是在電光火石之間，甚至來不及反應；
死亡，是不安的，會害怕自己的心跳及呼吸突然停止；
死亡，是掙扎的，因為還有很多事情未完成，例如和重
要的人道別；
死亡，是忿怒的，為何偏偏選中我……

原來，生命就是如斯脆弱，尤其是，自己當上了主角。

嚴格來說，我只是和死神擦身而過，沒有見到傳說中那
條發光的隧道和天使，但這一下擦身而過，讓我以為自
己真的會就此與世界道別，亦給了我另一番體會。

半小時前我還駕著心愛的小車在公路飛馳，半小時後就
被推入 R 房。看到同事們神色慌張在身旁跑來跑去的時
候，心裡很是不安；更甚是如果沒有人向躺在急救床上
的清醒病人解釋要做甚麼檢查及安排時。自此以後，我
知道我一定要告知病人現在到底是甚麼一回事，因為我
體會過他們的不安。

雖然自己身為護士，很清楚身體正在發生甚麼變化，以

及同事們在我身上打的藥物的作用、副作用，和將會做的檢查，不過，也就是因為知道得太過清楚，才更焦慮和驚慌，因為，這代表自己的情況危急和不樂觀。

有時無知，也許是福吧……

2.4

心痛如絞

在急症室工作，的確很刺激，因為天天都在挑戰死亡，不時與死神、牛先生、馬先生來個速度較量，有時贏，有時輸。今次，差點跟了牛先生、馬先生走的主角，是我。

七月裡某個暴雨的午後，我如常駕著車上班。在時速110公里的公路上，小車的兩旁都是長長貨櫃車和泥頭車，再加上暴雨，視野只夠看到前一架車那兩盞紅色的車尾燈，於是只好跟著前車慢駛。

就在距離醫院的幾個街角，我突然感到胸口一陣壓痛。那種痛就像有個大力士用力一拳向胸膛打過去般。當時我呼吸困難，但深知尚有幾分鐘路程就回到醫院，於是苦撐下去。

好不容易，終於抵達醫院停車場，但我早已痛得滿頭冷汗，就連背脊也痛起來，連一口呼吸的起伏都難以忍受。那時，真不知道自己在想甚麼，還試著走到更衣室，想將自己的手袋放好，才去急症室看醫生。可是，當我去到更衣室門外，按下密碼想用力拉門之際，胸口更痛，當時只感到一陣暈眩，自己知道快要失去知覺，幸虧剛有兩位急症室同事由升降機步出，他們將我扶起，送到急症室。

過後才知，當時我的臉上一點血色都沒有，狀甚恐怖。

我被同事扶上輪床立刻作心電圖檢查，結果顯示心律規律和正常，主管醫生還打趣說我只是太緊張，心理作用而已，但是，我的胸口依舊壓痛，這種痛是我從未有過的。於是，我請同事為我再做一張心電圖，怎料，我還未來得及低頭看看結果，同事已經拿著那張心電圖，跑出去大叫：「弊喇！醫生你睇……」

「要推佢入 R 房！」主管醫生的語氣變得緊張。

立時，我心知不妙，只是反射性地問應該怎麼辦。因為以我處理過的病例經驗所知，同樣胸口痛的病人，十居

其九這一刻還大叫辛苦，下一刻就魂歸天國了。

被迅速推入 R 房後，當時房內的同事、護士長和經理七手八腳地替我換衣服、接駁去顫器、準備靜脈注射位置、抽血、記錄等，當然還有站在床邊、用力握著我的手，不停告訴我：「不會有事，放心！」

護士經理乘隙問我：「打電話通知你丈夫，好嘛？」

我竟然猶豫，擔心妨礙他工作。回想起來，就知道為何老爸那時心肌梗塞入院都不通知我。最後，經理未等我答話，就幫我撥了那通電話：「喂，我心口痛，喺 R 房！」

電話的另一端冷靜回應：「嗯，一陣係咪去心臟深切治療部？我轉頭過嚟！」就掛了線。

然後，我就被送上救護車，在同事的陪伴之下，轉往另一間醫院作心導管檢查及入院。當進行檢查時，醫生突然中途停下來，視線停留在那個看到我心臟的熒光幕上。之後陸續有醫生走進來，一同注視那個畫面，議論紛紛，但由於隔著一塊厚厚的玻璃，所以我聽不到他們

的討論內容，於是益發不安，不停問醫生：「到底是甚麼一回事？」可是他沒有回答我。

原來，當自己變成病人的時候，對醫生護士的一舉一動都會異常敏感。他們的一下皺眉、一個奇怪的眼神，就令躺在病床上的我膽戰心驚。事後才知，我患有一個較罕有的病症，自發性冠狀動脈剝離（Spontaneous Coronary Artery Dissection）註1。

當躺在心臟深切治療部的病床上，想著這一切發生得這樣快，差一點點，我就可能不在人世了。假如，當時我支持不了，在路上痛得昏了過去的話，那就不堪設想。又或者，要不是有同事剛巧在更衣室門口發現了我，也可能一命嗚呼。

原來，生命，真是脆弱不堪。

逃過大難的生命啟示

這一次經歷好像給了我一點反思、一點啓示。

以前，我是個執著的人，只要下定決心要做的，就會勇往直前，甚至忽略家人、朋友。現在知道，目標永遠是一個接一個追不完的，在追趕的同時，亦要記得關顧身邊的人，因為他們比任何目標更重要。而且，不要吝嗇任何一句關心的說話。我不會再覺得這是肉麻、難為情的事，因為假如這一刻我們關起了嘴巴，收藏心底的說話；下一刻可能就會後悔，以後都沒機會再說出來。

而且，在努力工作的同時，休息、放鬆都同樣重要。護士每每教人要均衡飲食、足夠休息和運動，可是我們卻是最不健康的一群。因為工作，作息不定，有時忙碌起來長時間不吃不喝，到下班回家，已經餓得沒有感覺，只想倒頭大睡。

現在知道，要走得更遠，首要條件就是要保持身體健康、心境開朗，所以，我不再帶醫院的文書工作回家。回家，就是休息，做自己想做的事：練習一下書法、看一齣電視劇、看或聽喜歡的書的一兩個章節，或者做一個美容面膜等等。生活就像一個橡筋圈，當你長時間將它拉到最緊繃，便很快會斷掉。

我在病床上躺了十多天，手上那靜脈輸入的位置瘀了一

大片，隱隱作痛；每日三餐吃著淡而無味但營養充足的病人餐；因為還連著心電圖監察器，所以只能在床上活動，例如用床盆小便等。送床盆給病人的次數就多了，今次就要自己使用，其實真的很不自在。除了……

一聽到鄰床病人的心電圖監察器和靜脈輸入儀器發出警號，就會不自覺驚醒，如平常上班般想去處理。我想，算是職業病發作吧！

註 1：自發性冠狀動脈剝離（Spontaneous Coronary Artery Dissection），是指冠狀動脈血管壁之內、外夾層裂開，導致血液滲入其中而形成血栓，令血管變窄，限制血液流動，是一種罕有的心臟血管疾病。一般病發者大多是六十歲以下的女性，沒有確定的病因，只有可能誘發因素：近期的情緒壓力、高血壓、纖維肌發育不良（這會使動脈細胞發育異常，令動脈狹窄及出現裂痕）、懷孕的荷爾蒙水平改變等等。其徵狀如出現心臟病發、心絞痛、噁心、呼吸困難、盜汗及暈眩。主要的治療方法包括心導管手術及藥物治療。

2.5
生死逆轉

急救、死亡，似乎是我每天工作的一部分。

不要以為醫護人員總是一邊吃飯，一邊興奮地討論著剛才急救的驚險之處，如何辨清當時是不是骨折、軀內有沒有出血等等，看似談笑風生，但其實急救的時候，氣氛是嚴肅、緊張的，大家都認真地去處理病患，沒有一刻放鬆。說到底，這是人命呢！

雖然，我不會記得每一個急救過的病人，但偶爾有幾個特別深刻。到底都是和死神來幾個回合的挑戰吧。

我不想死

在病房內，有個剛完成食道癌手術的病人，經過好幾個月的護理，終於可以將身上連接的喉管一一除去。雖然他需要在咽喉位置開一個造口呼吸，說話的聲音不像以前般響亮，但手術總算成功，醫生亦已批准他明天可以出院回家。這一晚，是他在我負責的病房的最後一晚。沒想過，亦是他生命的最後一晚。

時近黃昏，健康助理幫忙分派晚飯給病人，而我就在護士站處理文件。突然間，助理急步走過來，吞吞吐吐地說：「嗯，要……要幫手～」然後她指著救急車。後來才明白，應該是她驚慌過度，不懂反應。

我走過去一看，都被那個畫面嚇了一跳。鮮血由病人的氣管造口不停湧出，浸濕了半張床。我趕緊協助他半躺在床，一手拉著牆上的「救急鐘」，一面大叫其他同事過來幫忙，再立刻拉出牆上的抽吸裝置，試著吸去他氣管造口噴出來的鮮血，避免他因嗆倒而窒息，但只是抽吸沒辦法處理目前狀況，必須要盡快找到體內的出血點止血才是有效辦法。

同事把救急車推來床邊，主診醫生趕至眼看這個情景，也慌亂起來，立即要我們準備儀器，為病人造一個靜脈切入口給他輸血、輸液，可是失血的速度遠比任何救治方法都來得快。他本來是清醒的，卻由於失血過多，面色由紅潤慢慢轉成灰白色。在失去意識之前，他瞪大雙眼，捉緊我拿著抽吸器的手，勉強地說了一句：

「救救我！我不想死！」

接著，他就昏死過去。

短短十分鐘，他就在我們眼前離世了，而我們，甚麼都做不了。

回過神來，這才發現白色的床單已完全被血染成刺目的鮮紅色，顯得病床上的他膚色更為慘白。我雙手全是他的血，右手手腕上，還有他捉緊我時留下的幾道血痕。

仍能心跳的日子

二月的某個寒冷星期天，一個六十多歲、外型健碩的叔

叔，自行來到急症室。

他走到分流站前坐下，我察覺到他的額角上布滿如豆一般的汗珠。這個天氣，這個溫度，很不尋常。

細問之下，他説今早晨運時，胸口和左邊肩膊突然壓痛，而且，痛得他冷汗直冒。這是典型的心肌梗塞病徵。

我馬上著他躺下來，並安排他做心電圖。一如所料，心電圖顯示的是急性心肌梗塞。

「MI 呀註1！快啲，入 R 房！」

大家立即分工合作，注射藥物、抽血、接駁去顫器、聯絡心臟深切治療部。與心臟科醫生商討過後，我們正安排叔叔馬上到手術室作俗稱「通波仔」註2的血管擴張手術。

正當醫生走到床邊想向病人解釋病情及簽署手術同意書時，叔叔突然失去知覺，雙眼一翻。我們同時望向去顫器，顯示的是「VF（心室震顫）」註3，於是醫生將文件丟在床邊，立時拿起去顫器俗稱「燙斗」的電極，然後大聲叫道：「150J，Everybody Clear！」註4

「啪」的一下體外電擊，叔叔應聲全身抖動了一下，然後立時醒過來，還詢問剛才是怎麼的一回事。前後都不足一分鐘，我們都未及解釋，叔叔再次失去知覺。

「阿叔，阿叔！」

今次大家再望向去顫器的顯示屏時，上面已顯示一條橫線註5——他失去了心跳。我們立即作心肺復甦法：用力按壓他的胸口、注射強心針、插入氣管內導管。經過四十多分鐘的搶救，還是回天乏術。

最後我為他清潔、作 Last Office，心裡卻不知味兒。

前一刻，他還對我說胸口悸痛；下一刻，就連心跳都沒了。有時，你以為勝了一仗，最終卻還是輸。生存，不是必然的。好好地珍惜你仍能呼吸、心跳的日子。因為不知何時，死神就會來收回你的生命。

染血的公事包

急症室廣播：「R 房有 Case ～」

大家立時放下手上工作，眼見三位救護員拉著擔架床走進 R 房，一個左手正在病人胸口上按壓著，另一個則一面拉著床架，一面為病人用氣囊－活瓣－面罩供氧。

這意味著，病人情況危殆。

轉到輪床後，我們繼續施行心肺復甦法，一面施氧，一面按壓。仔細一看，是位白髮蒼蒼的男士，最惹人注目的是頸部有個傷口，傷口的長度差不多圍繞頸部一周，而且不停滲血；其次在手腳都有幾處大傷口。我們剪開襯衫後發現胸前都有兩三處似乎是刀刺的傷口，隨著每次按壓，血液不停從傷口流出，接駁的心電圖依舊顯示一條橫線，即是 Asystole 註5。於是我們給他注射強心針，繼續心肺復甦。

由於大量出血，醫生即席在 R 房為傷口縫針止血，同時不停輸液和輸血，以補給不停流失的血液，可是我們一邊輸血、輸液，另一邊就由各個傷口流出。

「一呀，二呀，三呀，四呀……」醫護人員不停地按壓傷者胸口。

救護員補充道：「呢個人係士多老闆，佢被人搶劫，仲要用刀刺了幾下。我哋去到現場時，佢仲係清醒，不過一陣佢就失去知覺。」同時遞上一個染血的公事包，我相信他就是為了捍衛它而身受重傷。

醫生為他插入氣管內導管時，發現他頸部傷口雖大且深，但不幸中之大幸是未有傷及氣管，於是成功插好導管及接駁呼吸機協助呼吸。

「嘟……嘟……嘟……」心電圖終於顯示出有規律地上下擺動的線條。我摸一摸他的頸動脈，有回心跳了！我們立即安排他到深切治療部治理，大家都為著救回他而高興。

隔天早上，深切治療部的同事告訴我們他醒過來了，知道公事包沒有被搶去，抱著公事包給了醫護人員一個道謝的眼神，就再次失去心跳。

當以為他會活不成，他撐過去了；但當以為他會捱過去，他卻死去了。上天有時是會開你一個大玩笑的。

沒有甚麼比生命更重要，好好珍惜。

註 1： MI（Myocardial Infarct）指心肌梗塞。

註 2：「通波仔」，又名血管擴張手術。手術會於 X 光下進行。經手腕的橈動脈或者是腹股溝的股動脈，放入球囊導管至收窄的冠狀動脈內，用球囊將收窄的地方擴展，並放入浸藥支架，令血管擴張至具足夠血流量供給心臟肌肉。

註 3：VF（Ventricular Fibrillation），心室顫動，是心律不齊的一種，亦可簡稱 V-fib。心臟因為心室的電傳導系統出現問題，造成心臟不正常地顫動而無法輸出血液的情況。這種心律不齊會造成心跳停止，甚至死亡，而大部分突發性的心跳停止，都是因這種心律不齊而引起的。

註 4：醫生為病人進行體外心臟電擊前，會先說明所需電量和焦耳，以便護士調校；另外為防有人於電擊時接觸病人，也會大聲叮囑各位離開。

註 5：去顫器顯示一條橫線，即是 Asystole，心搏停止。根據美國心臟協會的 ACLS（Advance Cardiac Life Support）指引，當出現 Asystole 時不必電擊，只要繼續作心肺復甦法及定時注射強心針，不會像電視劇般持續電擊。

2.6
兩 難 的 抉 擇

每當有病人心跳停頓的時候，我們就要進行急救，過程是忙亂的，亦是謹慎的；是緊湊的，亦是利落的。

「一呀、二呀、三呀、四呀、五呀、六呀……」

同事一邊大聲數，一邊跪在床邊，雙手用力按壓病人的胸口。床邊的心電圖隨著叫喊聲出現不規則的波動，發出「嘟嘟嘟嘟……」的警號；醫生囑咐要打幾個靜脈輸入位置，然後掛上生理鹽水、強心藥物等等；另一個醫生說要插入氣管內導管，得馬上準備喉管及呼吸機，呼吸機的打氣聲及警號同時響起：「噗……呼……」「嗶……嗶……」；床尾的護士長就大聲告訴各人：「三分鐘喇！檢查脈搏，夠鐘打大 A 註1 喇！」

155

縱使大家如此賣力，都不代表會戰勝死神。就算僥倖小勝一回，眼見病人軟攤在床上，胸口瘀紅，而且插上好幾支喉管，都可以想像得到他的痛苦，最令人無奈的是過幾天都有機會撐不下去。

為了避免這些痛苦，於是有 DNR 的出現。

DNR，Do Not Resuscitation，即是不作急救，早在我還是「紅衫魚」的年代就已經出現。這和大家常聽到的安樂死不同。

安樂死，是患有不治及末期病患的病人，與醫生及家人商討後，而選擇用藥物無痛苦地結束生命，但由於當中涉及不少倫常、法律及醫護守則的矛盾，因此在香港，安樂死是不合法的。

而 DNR 就是醫生與一些有嚴重而不能逆轉病症的患者和其家屬，討論於身體情況再變差的時候，訂立預設醫療指示的方式之一，從而希望患者能在最後的一段日子裡，維持一定生活質素，他／她和其親屬，都不必受太多生命上的折騰。一旦病人情況轉差，心跳或呼吸次數下降的時候，護理人員只作一些支持性護理，如給予止

156

痛藥或氧氣面罩等；待心跳停止的時候，護理人員亦不施行心肺復甦或為病人接駁維生儀器，目的是讓病人減少痛苦、有尊嚴地離世。

大部分 DNR 都在病人清醒的時候自行和醫生商討而訂立的；當然亦有病人已經無法反應，而改和其家屬訂立的情況，可是，由於 DNR 並不是一份具法律約束力的文件，於是，意向可以隨時被更改。

解脫也許是更好選擇

第一次接觸 DNR，是我在病房工作時候，有個末期肝癌病人，癌細胞早已擴散至全身多個器官。他每天都承受著那些痛楚，嗎啡和止嘔藥註2 更是他不可缺少的伴侶。有一天早上，當醫生來巡房，走到床邊和他商討僅餘的治療方案時，他主動地向醫生建議：

「請醫生你唔好救我，如果我唔再呼吸，你唔好救我，我唔想死得咁辛苦，況且，我都時日無多啦！」

後來，醫生和他簽訂一份 DNR 同意書。他的太太及家

人都陪伴在側，雖然淌著淚，亦點頭表示明白他的意願。當時的氣氛如同已經宣佈他死亡一樣。

兩三天後的大清早，他罕有地精神充足，心情亦輕鬆起來，吃過早餐後還和我們說笑。平日折磨他的痛楚彷彿消失不見了。原來這是老媽子常說的迴光返照。

正當我為醫生巡房而準備文件及病人牌板時，遠遠看到他躺在床上，望向窗外，呼吸好像慢了很多。我跑過去檢查，發現他面如死灰，雖然睜開眼睛，但沒有焦點；他張開口，用力吸入每口氣。於是，我知會了護士長和主診醫生，給了他一個氧氣面罩協助呼吸，另一方面通知他的家人。

我向他的太太解釋情況，她隨即吆喝道：「我唔理，你哋點可以畀佢死㗎？我而家要你即刻救返佢呀！」

就是這一句，我們拉了救急車過來，為病人接上心臟監察儀器，偵測到寥寥無幾的心搏跳動。我跪在床邊，開始「一呀、二呀、三呀……」雙手用力按壓他的胸口。醫生為他插上好幾處靜脈輸入，給予強心針等急救藥物。氣管內導管亦插上，接駁了呼吸機。「噗……呼

……」擾攘了半小時，他的心終於再次恢復跳動。

由於深切治療部床位不足，所以他只可以留在我工作的病房內。最後，在喉管和強心藥物伴隨下，他生存多四天後，真的離開了。

你可能會問：

「救人唔係護士醫生的天職咩？」

「做咩你竟然為救返個病人而難過？」

「個屋企人唔係都同意 DNR 㗎咩，點解到最後又反口？」

拯救生命，的確是我們的責任，但維護病人最大福祉亦是我們的責任註3。病人和醫生商討後而決定不作急救，某程度上是對他最好的治療方案，可是家人改變初衷，有違他的意願，我們亦沒有辦法，但心底裡當然難過。

病人家屬在危急關頭改變決定是常見的情況，因為很多時家屬未預備好接受這個巨大的心理衝擊，就會選擇去

逃避，要求救回病人一命。

自己都曾經當過病人家屬，要作出救不救的抉擇，其實一點都不容易。

由醫護人員變成病人家屬，由一個你不認識的人，變成可能是你家中重要的成員，要同意 DNR，就變得更加艱難。一方面，自己對家人的病情最清楚不過，知道情況根本不會好轉，只會不斷差下去，直至死亡。就算施行急救，家人都只可以苟延殘喘，更不用說生活質素。望著他／她滿身插著喉管，說不到話、喝不到水，撫心自問，忍心嗎？從這角度思考，DNR 似乎是個另類、但不錯的選擇。

可是另一面，他是不是應該努力生存久一點，好讓家人多點時間相伴呢？為他選擇 DNR，是不是如他所願呢？或者，他其實想努力生存下去？假若，選了不急救，其他家人會怎樣想呢？會不會覺得不孝呢？這不是見死不救嗎？滿心害怕做了會後悔的決定。

當醫生跟我們商討、著我們好好考慮時，我心裡就如此的糾結。最後，他自己選擇了不急救，簽署 DNR。

一個初秋的下午，他解脫了，安靜地離開了。

———————

註 1：大 A，即是 1:10000 Adrenaline 的別名，也是大家常常聽到的「強心針」，它的作用是刺激病人的心臟肌肉以重新跳動。根據 Advanced Cardiac Life Support 中的指示，於急救心動停止的病人時，必須每三至五分鐘給予一針 1mg 1:10000 Adrenaline。

註 2：：嗎啡除了是毒品、會令人成癮外，本身亦是一種強力止痛藥。世界衛生組織（WHO）將癌症痛症的指引分為三個階段：

1. 非鴉片類止痛藥 +/- 其他輔助藥物；

2. 如持續痛楚或加劇——鴉片類止痛藥（對於輕度至中度痛楚）+/- 非鴉片類止痛藥 +/- 其他輔助藥物；

3. 如持續痛楚或加劇——鴉片類止痛藥（對於中度至重度痛楚）+/- 非鴉片類止痛藥 +/- 其他輔助藥物

因為鴉片類止痛藥的普遍副作用為昏昏欲睡、暈眩、噁心、嘔吐及便秘，故通常需一併處方止嘔藥以抑制其副作用。

註 3: 大部分護士學生於畢業時都會宣讀《南丁格爾誓言》，以表明日後在工作上要履行的責任與使命：

「余謹以至誠 於上主及會眾面前宣誓 終身純潔 忠貞職守 盡力提高護理專業標準 勿取服或故用有害之藥 慎守病人及家務之秘密 竭誠協助醫師之診治 務謀病者之福利」

2.7 身前身後

死亡，在華人文化中似乎和不吉利劃上等號。

「呸！吐口水再講過！呸！大吉利是！」

「好講唔講，硬係要講呢啲嘢～」

這是年長一輩一聽到我說了那個「不可說的詞」的反應。

大家都不願意去談論，甚至害怕聽到「死亡」，生怕一說出來，死神與不幸就被你召來，因此，大家就用上不同的代替詞語，如：賣鹹鴨蛋、埋單、骨頭打鼓、瓜柴、去食元寶蠟燭香、冚旗、釘蓋、上天堂、去見閻羅王、返咗舊時嗰度……可是作為一位護士，還要是急症科工

作的，接觸死亡，似乎是我們的日常，是生活的一部分。我們沒有平常人的忌諱，甚至很多時都是我們茶餘飯後的話題。

就我工作的急症室來說，去年每隔兩天就大約有一位病人離世，我不禁思考：

到底死亡是怎樣的一回事？會痛苦嗎？

會看到神嗎？會上天堂還是下地獄呢？

死亡過後，死者會知道自己的葬禮是怎樣的嗎？這個葬禮合不合死者的心意？

死者會知道家人為他傷心嗎？還會有感受嘛？

別人可能會笑我傻，但我自己的確在長生店惆悵選哪副棺木給兩老時，腦中冒起疑問：「唔知佢會唔會鍾意這個顏色呢？」

既然「擬人」，就是將一物件當作人一樣；我就給以上行徑一個名詞：「擬活」。

從小到大，生活上都有不少「擬活」的情況，例如幾歲時去拜祭外公，和一眾表姐弟一起等大人們點香燭、化冥鏹時，因為悶極無聊便來個你追我趕遊戲。記得老媽子說：「好喇，玩夠喇，阿公唔鍾意咁嘈、咁百厭㗎～」

既然，要在生的人「擬活」去猜測死者的心意，那為甚麼不先自己計劃一下？

如果生存是現在式的話，那死亡就是將來式。當大家去為自己日後的理想生活規劃，有沒有想過策劃一下死時要怎樣呢？

最簡單，在死亡之前有前文所提及的 DNR，不作急救，但醫生只會跟已到嚴重而不能逆轉病情的病人訂立。近年，多了一種叫「預設醫療指示」（Advanced Directive），病人在患上不能逆轉的病患、藥食無靈的情況下，可與醫生及家人商討及簽訂文件，除了和 DNR 一樣，可以選擇不接受心肺復甦及搶救外，亦可以按病人及其家人的意願而選擇其他指定的醫療程序，如：不插鼻胃管、不打靜脈輸入、不作約束等。這可以提供更大自由度及選擇權，去掌控他／她自己的生命。避免在無意識之下使用維生儀器及醫療程序，延長無生

活質素及意義的生命，減少痛苦。

而在社區中，就有推行「安寧計劃」，讓年紀老邁的末期病患者，在家人及醫護人員的安排下，在自己熟悉的地方，如家裡、院舍內，安靜及有尊嚴地離世。假如參加了「安寧計劃」的病者送到急症室，我們會按照病者所願，不作急救，並為他提供一個安靜、舒服和有私隱的環境，讓他的家屬可以在他臨終之時相陪在旁。

送自己一場葬禮

死亡的最後一項程序，少不免是葬禮。

葬禮，可以說是一個道別儀式，豐儉由人。現實中，大部分的葬禮都不過是一眾親友（有些可能每年都見不到一次）靦腆地坐在溫度偏低的靈堂之內，有些人在哭泣，有些人沉默不語；焚燒香燭祭品產生的煙霧令人坐立不安；再加上嗩吶夾雜著念經的聲音或者重複播放鋼琴版的《愛是不保留》，氣氛的確是有點古怪。

但如果逝者生前尚有話想說、有情感去表達，葬禮好可

能就是他最後一個機會。

葬禮可以像婚禮一樣獨特且個人化的，如果逝者生前能將自己的意願告訴別人，不僅令家人省卻很多爭吵與猜測，更可以擁有一個最合適自己的告別式。

其實近年，不少機構，尤其是提供老人服務的非牟利機構，都舉辦了一些認識死亡及身後事的講座和小組，令更多長者能提早去選擇、準備自己去世後的事宜。

透過不同的活動，包括參觀長生店、認識不同的安葬方法、選擇最後衣裝與陪葬品、拍攝合心意的遺照，他們會認知到死亡並不如他們所想的可怕。人生的最後，仍可以有著自己風格。每位參加者都會獲發一本記錄簿，寫低自己對死亡的看法、葬禮的想法，更可以將自己選好的遺照貼在裡面。

老媽子在老爸在生時，已經在社區中心聽過有關身後事的講座，亦早早就為自己想好「化作春泥更護花」——撒灰到紀念花園。而最後，這一點亦成功影響了她的老伴，即是我老爸。

有人可能會說，這都是老人家才需要計劃吧！我這麼年輕，又有何需要呢？

人生無常。這一刻事業如日中天、生活美滿、有車有樓，誰知下一刻會不會就一命嗚呼呢？好好把握現在成功的人生發展、幸福家庭的同時，靜下來，想一想，計劃一下。

後記

今年是我踏入護理生涯的第二十一個年頭。

這本書就好像給我為這二十年來一個小小的總結。工作之外,亦總結生活上經歷過的生與死。

這些年,我由一個充滿疑惑的中七畢業生,到進入護士學校成為連制服都不會穿的「紅衫魚」,再待在不同的科目的病房裡:

在中風康復科獨個兒服侍全身癱瘓的病人沐浴更衣;

在心臟科手忙腳亂地進行第一次急救,被護士長罵得狗血淋頭;

經歷沙士的人心惶惶、生離死別,同事即使面對面吃飯

也不能交談；

走到腎科，從前的病人成為了之後的朋友；

在外科病房明白人心之險惡，以及有道理就要堅持——
斗膽頂撞護士長；

完成一個又一個的課程，好好的裝備自己，再走入急症
室，由低做起，不恥下問，完成自己的學業，終於身份
角色大轉換；

以為自己面對的生死夠多了，直至摯親的死別、自己命
懸一線，終究理解⋯⋯

生命無常。

年紀老邁，死亡，不是唯一的出路。年青力壯，死亡，
亦非千里之外。無論老幼，死都是終點站，但何時到達，
從來無人知曉。

生命不在乎長短，而是在乎於每個人怎樣去演活生命，
過得精彩、無悔。

你可能會問：我只是個平凡的「打工仔」，每日盼望準時上班、準時下班，可以有怎樣精彩的生命？

當大家營營役役、為生活勞碌的時候，有沒有想過心中的計劃、願望，有多少實現過？原來的初心在哪裡？工作努力的同時，有好好關顧家中的至親嗎？有沒有定期探望不再同住的爸媽，告訴他們掛念著家裡的陣陣飯香？有沒有細心地留意親友的動向和主動提供幫助？

我希望大家在看畢這本書後，好好想想，甚至即刻行動，最低限度拿起電話向對方問聲好。別害羞，這句問好，我相信絕對會令對方心頭一陣暖。

「只差一秒 心聲都已變歷史……

世界有太多東西發生 不要等到天上俯瞰」

——《愛得太遲》

死亡，總是突如其來，把人嚇得手足無措，但是它亦可以平和安靜，不失自己的風格，不必定是無奈、無助和悲傷的。從來都沒有人可以完全準備好，但有準備都比毫無準備的好。

就趁今天，去想想再記下來，告訴身邊重要的人，你的
Style。

「如果想哭 可試試對嘉賓滿座
說個笑話 紀念我」
——《活著多好》

在寫這本書的期間，在香港這個小小地方，先後經歷了
史無前例的社會大事：社會運動、全球疫症等，都將這
裡生活的人的命運，推向一個又一個未知之中。

我們就應該，好好把握現在可以把握的，充分運用，活
出精彩未來。